Le Noël de la Seconde Chance

DU MÊME AUTEUR

Déborah La Rencontre Interdite
Echappées Belles
Quatre
Un Amour de Confinement
Le Secret de Sarah
Le Code Makeda

Rejoignez la communauté de
Hélène Tavelle
www.helenetavelleecrivain.fr

Facebook : helenetavelleecrivain
Instagram : helenetavelleecrivain
Twitter : HTavelleAuteur

Hélène Tavelle

Le Noël de la Seconde Chance

roman

Ils s'aimaient. Ils se sont perdus de vue.
Le destin les réunit 25 ans après.

On s'est perdus de vue, on s'est r'perdus de vue
On s'est retrouvés, on s'est séparés
Puis on s'est réchauffés

Chanson « Le Tourbillon »
Jeanne Moreau

1.

Une rencontre inopinée

— *Madré* je t'ai déjà dit que je n'arrive rien à avaler le matin, dit Anthony, en toisant le petit-déjeuner préparé avec amour par sa maman poule.

Des odeurs délicieuses de brioches gonflées, de café qui fume, de pain frais et de confiture de framboise. Le beurre transpirant de gouttelettes d'eau scintille sur la table nappée de tissu à carreaux rouges et blancs.

— Il ne faut jamais aller en cours le ventre vide.

— Bon je file ! Il a pas un rendez-vous ce matin, l'autre ?

— Arrête de parler de ton père en disant l'autre, P'tit chou… Oui, il avait rendez-vous avec un client et comme d'habitude, il a picolé hier soir. Dès qu'il y a un moment important, il replonge. Forcément, le lendemain, il cuve ! dit-elle en brandissant du placard, une bouteille de rhum de cuisine qui avait eu raison de l'addiction de Dave.

— Quel naze !

— Bon ben je capitule. Après, je m'étonne de ne plus en avoir pour mes babas ! souffle-t-elle, désabusée.
— Tu vas le larguer quand, ce type ?
— Allez P'tit Chou file en cours et laisse-moi gérer ma vie.

Tania remet de l'ordre dans les cheveux roux de son *P'tit Chou,* geste traditionnel quand il la quitte. Pourtant, comme à son habitude, il est irréprochable, tiré à quatre épingles. Son allure BCBG ne supporte aucun laisser-aller. Cette marque d'affection est simplement symbolique de l'âme protectrice d'une femme à l'instinct maternel inné.
A tout juste 23 ans, Greg a l'avenir devant lui. En 5ème année de médecine, il compte bien devenir psychiatre dans un an ou deux. Tania est très fière de cet être précieux qui est davantage qu'un fils. Elle le considère comme son compagnon, bien plus que ce mari désœuvré dont les qualités se sont amenuisées jour après jour, année après année, après leur rencontre foudroyante.

De son coup de foudre à l'âge de 19 ans avec Dave, elle a gardé le souvenir indélébile d'une phrase magique qui a scellé leur union. Un déclic aussi inouï qu'anodin. Elle s'en souvient comme si c'était hier.

En dehors d'une longue histoire d'amour et d'amitié, elle n'avait jamais rien connu de tel. Car elle s'était crue inconsolable quand Christophe, son amoureux de toujours, avait déménagé. Ils avaient tout juste 18 ans et l'avenir devant eux. Ils s'étaient jurés de se marier si aucun des deux n'était pris à l'âge de 40 ans. Au début, Christophe lui écrivait, lui téléphonait. Puis, peu à peu, c'est elle qui a cessé de lui répondre. Elle ne voulait pas se contenter d'une relation à distance. C'est vrai quoi ! Pourquoi était-il parti ? Pourquoi l'avait-il abandonnée ? Au lieu de suivre ses parents, il aurait dû les convaincre de rester ou opter pour la pension. Les parents de Tania, devant la détresse des deux adolescents, avaient même proposé de l'héberger le temps de sa scolarité. Mais la mère de Christophe, aussi possessive que revêche, n'avait jamais rien voulu savoir.

Une telle complicité d'enfants puis d'adultes en herbe était extraordinaire. Ils s'étaient rencontrés alors qu'ils avaient à peine 12 ans. Ils étaient aussi proches que des jumeaux. Et puis, le désir était venu titiller cette relation naïve, pure et sans nuages.

Elle a encore le goût de leur premier baiser à un arrêt de bus. Baiser imprévisible. La pluie torrentielle avait eu raison de leur pudeur. Blottie contre lui, sous son parapluie aux baleines cassées, elle avait posé des baisers successifs et interminables sur les lèvres brillantes de Christophe. C'est elle qui avait fait le premier pas. Il avait fini par s'engouffrer, sans prévenir, dans la caverne enivrante qui s'offrait à lui. Ils avaient 14 ans. Ils étaient amoureux. Rien ne pouvait leur arriver de plus beau. Ils se sont jurés de s'aimer pour l'éternité et de ne jamais se quitter. A la vie, à la mort. L'arrêt de bus porte encore leurs initiales, gravées avec un cœur de Cupidon.

C'était il y a maintenant environ 25 ans. Après ce déménagement, ils se sont séparés et ont fini par se perdre de vue. Elle avait appris par la voisine de sa mère que « son » Christophe s'était fiancé avec la pimbêche de la classe qui, elle aussi, était partie à Paris. Snobe car d'une famille très riche, cette Gina dédaignait Tania, pas assez friquée à son goût. Tania n'en revenait pas d'une telle union, lui qui critiquait ouvertement ses manières guindées. Il la trouvait laide avec son allure de sauterelle et son appareil dentaire digne d'Edouard aux mains d'argent.

Un chauffeur en uniforme l'attendait devant l'école. Elle se glissait dans cette voiture telle une princesse dans son carrosse. Elle portait des chaussettes à pompons avec des mocassins vernis. Elle disait au-revoir à ses amis, pantois, à la manière de la Reine Elisabeth II. Comme l'illustre monarque et son salut à la foule du balcon de Buckingham, elle pratiquait une inébranlable rotation du poignet qui était désormais son gimmick.

Elle voulait blaser ses copains de classe et c'était réussi. Pourtant cette Duchesse en jupe plissée devait être bien malheureuse car elle n'avait aucune amie. Personne ne s'estimait à sa hauteur. Elle n'était jamais invitée aux anniversaires, chacun se disant que sa demeure paraîtrait pitoyable à côté de son « château ». En catimini, les élèves de sa classe la surnommaient Javotte, la vilaine demi-sœur de Cendrillon, ou encore Nellie Oleson, la peste de « La petite maison dans la prairie ».

Gina n'a jamais été connue pour sa jovialité et son empathie. Si elle pouvait écraser les autres, elle ne s'en privait pas. Elle allait jusqu'à colporter des rumeurs croustillantes à propos des autres élèves et à dénoncer ceux qui copiaient sur leurs voisins.

En plus d'être riche et prétentieuse, elle était stupide. Malgré les nombreux cours particuliers dans chaque matière, elle ne parvenait pas à décrocher la moyenne générale. Elle faisait la risée, non seulement de la classe mais de tous ceux qui la côtoyaient. De toute façon, elle allait hériter de la fortune de son père, alors les études passaient au second plan.

Cette union de son amoureux magnifique avec cette snobinarde moche et odieuse semblait totalement incongrue pour Tania. Elle s'était donc sentie libre de tirer un trait sur leurs promesses d'enfants qu'elle minimisait à présent. Il aurait été stupide de croire que ces enfantillages pouvaient avoir une destinée.

*

A nous les petits Anglais !

A 19 ans, une année après cette séparation déchirante, elle séjourna au mois de juillet, chez sa jolie correspondante anglaise Margaret, à York en Angleterre. Le premier qui l'a accueillie fut… lui, David, à la chevelure épaisse et courte impeccablement méchée, d'une couleur « poil de carotte ». Ses yeux bleu azur ajoutés à cette couleur orange lui donnaient une aura incomparable.

Ce rayon de soleil inattendu dans la vie de Tania Lellouche bouscula son avenir tout tracé.

Bonjour Mademoiselle ! Comment allez-vous ? J'ai mal à la tête !

Cette phrase lancée de manière désopilante par le charmant David qui avait appris quelques expressions françaises pour sa venue, fit littéralement fondre l'innocente et prude Tania. La jeune fille tomba raide dingue amoureuse de lui au premier regard. Ces expressions en Français prononcées avec un accent anglais adorable, avaient fait boum dans son cœur à l'instar d'une caresse, d'un regard, d'un bouquet de fleurs.

Le mois de vacances se passa davantage aux côtés de *Dave* que de sa sœur *Meg*. Ces diminutifs avaient troqué depuis toujours leurs prénoms officiels qui n'avaient d'usage que pour l'administration.

*

De retour en France, Tania avait gardé précieusement le coquelicot qu'il lui avait cueilli dans un champ à perte de vue, écarlate comme ces fleurs volatiles. Séché, collé, il trônait fièrement en page d'ouverture de son album photos, avec cette légende évocatrice *Un coquelicot dans mon cœur.*

Douée de manière innée pour le dessin, Tania s'était inscrite aux Beaux-Arts. Dave, avait trois ans de plus qu'elle. A 22 ans, il fréquentait la prestigieuse Université de Cambridge en doctorat de psychologie.

Ils se sont écrits dès le début. Elle guettait la boîte aux lettres chaque jour, en rentrant de l'école. Les enveloppes de son bel Anglais se différenciaient des autres par un format minuscule. L'adresse était écrite de manière appliquée sur trois lignes, avec un stylo plume dont le seul bleu violine la faisait frissonner de tout son être. Deux feuilles écrites recto verso de cette même écriture régulière en script, et pliées soigneusement en deux, se terminaient par un *Love* évocateur. Sa mère qui avait les pieds sur terre lui avait expliqué pour calmer son ardeur que *Love* ne signifiait pas *Amour* comme on pourrait le croire. Ce mot marquait une formule de politesse et signifiait plutôt *Amitiés.*

D'ailleurs, Dave était fiancé avec une certaine Jane. Elle rendait folle de jalousie Tania qui se sentait « en dessous ». Elle trouvait qu'elle ne lui arrivait pas à la cheville tant cette jeune fille était gracieuse avec sa silhouette longiligne et sexy, sa poitrine pulpeuse – au moins un 90 D –, gentille qui plus est. Dans ses courriers, Dave n'évoquait jamais cette rivale. Evidemment, Tania non plus.

Quoi qu'il en soit, Tania pensait que cette love story de vacances ne mènerait à rien et qu'elle ne le reverrait jamais. Elle répondait à chacune de ses lettres le jour même, de peur qu'il ne l'oublie. Lui, mettait un peu plus de temps. L'attente chaque jour était insupportable et éternelle.

Coup de théâtre, deux mois seulement après son retour

d'Angleterre, Dave proposa de venir lui rendre visite à Noël. Il prétexta une compétition d'aviron (déjà !) inter-collèges à Lyon.

Pour Tania, Noël était toujours symbole de changement. Mais là, ce fut un bouleversement, une tempête, un raz de marée. Le salon croulait de cadeaux. Dave lui avait acheté son premier parfum, sur le Ferry, en boutique détaxée.

Ce fut le déclenchement de leur histoire. Elle l'exhibait partout comme une bête de cirque, trop fière d'héberger chez elle un tel canon de beauté. Il l'accompagnait dans tous ses déplacements, même à l'école, puisqu'elle l'avait transformé en « correspondant » à la place de sa sœur Meg. Il rendait folles, les filles. Tania était aux anges de recevoir une telle bombe, à l'accent anglais si charmant. Elle faisait sensation ! Elle se l'accaparait fièrement.

Du premier simple baiser, il passa très vite aux caresses. Elle n'avait pas l'habitude de fréquenter un garçon aussi entreprenant.

— Les Anglais sont des obsédés sexuels, la prévenait son père pour la mettre en garde.

Elle ne savait pas lui résister. Une nuit, elle entendit le loquet de sa chambre bouger. C'était Dave qui venait la rejoindre. Il lui a posé, doucement mais fermement, la main sur la bouche pour qu'elle reste silencieuse. Ce fut fatal. Tania succomba aux mots anglais qu'il lui susurrait dans l'oreille, même si elle ne les comprenait pas tous.

Il rentra chez lui en lui faisant plein de promesses qu'elle n'osait croire, d'autant qu'elle pensait toujours à son premier amour, Christophe.

Quelques mois plus tard, Tania mit au monde un

magnifique bébé de 3kg7, Greg ! Eh oui ! Cette unique nuit enflammée aboutit à une grossesse fortuite qui fut, malgré tout, assez bien acceptée par ses parents, aimants et tolérants. Ils n'avaient eu qu'un enfant et ce bébé providentiel allait agrandir joyeusement la famille. La jeune fille, à peine sortie de l'adolescence, brandissait son bébé comme un trophée. Elle le promenait fièrement au Parc de la Tête d'Or sans un quelconque préjugé d'avoir fait un enfant toute seule.

Tania ne voulait pas en souffler mot à Dave qui continuait à lui écrire, en ignorant ce grand chamboulement. Elle ne voulait rien lui demander d'autant que son cœur appartenait à quelqu'un d'autre. Etrangement, avoir un enfant avait attisé son amour inconditionnel pour Christophe qui lui manquait terriblement. Elle regrettait que cet enfant ne soit pas de lui.

*

Six mois plus tard, un matin où elle gardait Greg seule chez elle, on sonna à la porte. C'était Dave. La mère de Tania avait pris la liberté de l'appeler pour lui apprendre l'heureux événement. Elle s'attendait à ce qu'il lui raccroche au nez arguant qu'il était trop jeune pour assumer un rôle de père. Il n'en a rien été. Il poussa un cri de joie et raccrocha, non pour une fin de non-recevoir, mais pour se préparer à retrouver sa belle girl-friend. Les quelques jours qu'il passa auprès d'elle lui montrèrent à quel point il était important d'être secondée dans son rôle de jeune maman. Et puis, il était tendre et terriblement épris d'elle. Il avait plaqué sa fiancée Jane sans préambule en lui avouant la vérité. Elle se sentait femme pour la première fois, elle qui était passée d'enfant à mère.

La suite fut magique et vertigineuse pour Tania. Dave, de retour à Cambridge, lui demanda de tout quitter, parents, école, amis… pour le rejoindre. Ce qu'elle fit sans hésiter, malgré les interdictions de son père. Ce pauvre homme inquiet avait été jusqu'à l'enfermer à clef dans sa chambre pour ne pas qu'elle quitte le domicile. Ces recommandations sensées n'ont eu aucun effet sur elle. Un matin, très tôt, elle s'enfuit de la maison familiale de Lyon avec son bébé dans un sac kangourou.

Elle arriva à la Gare de la Part-Dieu vers 7 heures du matin et attendit le premier train pour Paris, munie d'un simple petit bagage à main. Elle y avait entassé pull, sous-vêtements et chemise de nuit. Les essentiels selon Tania. Une boîte de lait, des couches et quelques affaires de rechanges avaient fait l'affaire pour le petit Greg, sage comme une image. Il devait sentir un grand moment arriver.

Dave l'attendait Gare de Lyon à Paris, fébrile, au bout du quai. Affublé d'un instinct paternel inné, il s'empara immédiatement du petit chérubin en le tenant fort contre lui. Au volant de sa petite Mini Morris vert turquoise, il les emmena en Angleterre.

Ils traversèrent la Manche dans un Ferry qui était si déglingué qu'il ne devait pas en être à sa première traversée. Pourtant Tania planait de bonheur. Dave s'occupait avec habileté de Greg qui le découvrait de ses grands yeux innocents. Il avait hérité de son regard bleu turquoise et de ses cheveux roux poil de carotte, des gènes dominants apparemment. Il ne pouvait pas le renier ! C'était son portrait craché.

Comme si elle partait en vacances, Tania, quant à elle, se promenait de boutiques discount en bars bondés par des Anglais assoiffés de bières. Sur le pont, elle s'enivrait de la brise marine qui l'entraînait irrémédiablement vers sa nouvelle destinée. Personne n'aurait pu la faire changer d'avis. Elle était amoureuse et rien d'autre ne comptait pour elle.

*

Orphelin, Dave avait été traumatisé par la mort de son père, célèbre chanteur de Rock, alors qu'il n'avait que dix ans. Sa maison était hantée. La première fois qu'il a invité Tania dans cette demeure victorienne des rues de York où toutes les maisons sont calquées l'une sur l'autre, elle ne l'oubliera jamais. Il a mis un disque de Stevie Wonder et c'est son père qui s'est mis à chanter. Tania se souvient encore de cette nuit flippante. Elle n'a plus jamais voulu y remettre les pieds.

Tania, en le suivant dans son pays, n'avait pas une once d'inquiétude par rapport à l'organisation. Elle ne s'était pas demandée où ils allaient vivre et de quoi ils se nourriraient. Elle se laissait porter par les événements grâce à l'insouciance de sa jeunesse.

C'était la rentrée et Dave avait intégré les bancs de sa fac à Cambridge. Il occupait un petit studio, mis à disposition des étudiants, dans cette ville au charme désuet. Ils l'ont occupé à trois, sans le dire, puisque les colocations étaient interdites dans ces logements universitaires. L'amour aidant, ils se partageaient un lit en 90 cm et ils ne s'en plaignaient ni l'un ni l'autre. Greg dormait dans un couffin fauché par Dave à sa mère, le sien probablement quand il était petit. Il faut dire qu'il n'avait pas jugé bon de la prévenir de ce chambardement dans sa petite vie d'étudiant célibataire. Le petit nid douillet de leur *Baby* était mignon comme tout, avec de la dentelle de Calais et du tissu fleuri bleu ciel et blanc.

Tania se déguisait chaque fois qu'elle entrait dans la résidence qui était destinée exclusivement aux garçons, tradition luthérienne oblige. Elle cachait Greg sous sa cape ample. Ni vu ni connu. Leur stratagème a duré un an. Une année de bonheur et de fusion totale.

Tania suivait des cours à distance en anglais. Un bon moyen de se perfectionner dans la langue du pays où elle habitait désormais et de s'intégrer. Dave bénéficiait d'une bourse qui suffisait à les entretenir. Ils n'avaient pas de gros besoins, il faut dire.

Dave était champion d'aviron. Greg dans les bras, elle adorait le contempler des heures, s'entraînant sur la rivière Cam au lever du soleil, dans un ciel rougeoyant. Il avait gagné, l'an dernier, la Boat Race, la célèbre course d'aviron qui se court tous les ans au printemps, entre les universités de Cambridge et d'Oxford, sur la Tamise à Londres.

D'ailleurs, cette passion l'occupait bien plus que ses cours de linguistique ou de psycho. Avec comme objectif les JO, il faisait miroiter à Tania des fortunes à gagner grâce aux sponsorings des marques. Ses études en ont pâti. Cambridge n'autorisant pas de redoublement, il se retrouva à la rue car qui dit « pas de fac », dit « pas de logement ».

A ce moment-là, la malchance avait dû envahir son thème astral. Il se blessa sérieusement en compétition. Malgré des opérations successives des ligaments du genou, il n'avait jamais pu reprendre un entraînement de haut niveau. Il se contentait de faire des promenades sur la rivière Cam.

Et c'est là que tout a basculé. Il était désabusé, ne croyait plus en rien, même plus en Tania. Il la molestait, la brutalisait parfois quand elle essayait de le booster, mais uniquement verbalement. Hors de question de chercher du travail. Il prétendait qu'à 23 ans, il pouvait se permettre de prendre une année sabbatique et que, dès que son genou se rétablirait, il reprendrait la compétition. Quelques mois plus tard, il perdit toute aide sociale et fut bien obligé de se rendre à l'évidence. C'est Tania qui l'entretenait avec ses aides de l'état français (bien plus importantes que les aides britanniques) et ses petits boulots. Elle a même été jusqu'à faire le ménage du Pub où Dave avait élu domicile tous les soirs jusqu'à en être grisé et rentrer en titubant. Dessinatrice talentueuse, elle vendait aussi des planches de bandes dessinées à un magazine qui les publiait chaque semaine comme un feuilleton.

Tania commençait à détester Dave. Même ses multiples taches de rousseurs qui lui dévoraient le visage n'avaient plus de grâce à ses yeux.

*

La demande en mariage

Pour se rattraper, Dave demanda Tania en mariage. Elle avait tout juste 21 ans. Lui, en avait 24. Greg venait de fêter ses deux ans. Elle accepta, plus pour Greg, que par amour pour lui.

Le mariage, aussi simplissime qu'élégant, avait donné du baume au cœur de Tania. Elle rêvait d'un mariage à l'anglaise. Babeth, la délicieuse propriétaire du Pub où elle faisait aussi quelques extras en plus du ménage, se proposa de l'organiser. Elle en fit un Jour J 100% British, romantique et vintage à souhait.

L'événement se déroula dans le charmant village de

Stratford-upon-Avon dans le Warwickshire. Fait unique, le cottage de Babeth et Leo, son mari, jouxtait la maison natale de Shakespeare. Cette maison à colombages du XVIème siècle de style Tudor, se trouvait être le lieu idyllique pour une cérémonie laïque. Tania étant juive et Dave anglican, cette option devait mettre tout le monde d'accord. Les parents de Tania avaient fait, par bonheur, le déplacement. Faute de quoi, la jeune mariée n'aurait pas pu apprécier ce moment exceptionnel.

Un jardin à l'anglaise, des bouquets de roses pour animer les tablées, une vaisselle en porcelaine intentionnellement dépareillée... donnaient à ce mariage, une touche de chic british. Cette union champêtre avait réjoui petits et grands. Les invités étaient aussi nombreux que les relations du couple, c'est-à-dire le strict minimum. De fil en aiguille, entre les copains de Dave et les clients du Pub, une cinquantaine de personnes avaient partagé la fête. Le plus heureux était Greg, qui du haut de ses 24 mois, babillait de bras en bras, en trottinant gaiement sur la pelouse vert olive.

La robe de Tania avait été livrée par le patron du journal qui éditait ses BD, dans une énorme boîte en carton blanc nacré. Elle a mis un bon quart d'heure à défaire le papier de soie siglé en lettres dorées AK, des initiales de la styliste de la cour d'Angleterre. Elle a été immédiatement séduite par la robe bohème tout en délicatesse, avec un tissu aux motifs fleuris mêlant broderie classique et dentelle. La coupe au simple col bateau soulignait la silhouette impeccablement dessinée de la jeune mariée. Tania était fière de porter une robe créée par celle qu'on appelait « l'habilleuse de la reine ». Elle avait choisi d'attacher ses cheveux en un chignon flou avec un serre-tête en dentelle. Une rose fraîche autour du poignet rendait hommage à la saveur de cette journée printanière.

Dave, son bien aimé, portait un incontournable gilet sous son veston pour un costume trois pièces typiquement anglais, gris perlé.

Le dîner de ce mariage à l'anglaise se poursuivit sous une tonnelle ombragée à l'abri du soleil caniculaire. La vieille ferme réhabilitée, loin du tumulte de la ville, accueillait des tables de monastère alignées l'une derrière l'autre, avec des bancs pour six personnes. Des compositions florales de roses blanches ornaient chaque centre de table. La vaisselle semblait tout droit sortie de *Downtown Abbey,* avec des assiettes anciennes chinées chez les nombreux antiquaires du village hyper touristique.

Un piano à queue trônait au milieu de la pelouse. James, l'ami d'enfance de Dave, soliste à l'orchestre philharmonique de Londres, se leva solennellement pour interpréter *My Baby Just Cares For Me* de Nina Simone.

Tania a versé une larme en pensant, non à Dave, mais à Christophe. Les deux adolescents ne se lassaient pas d'écouter des chansons d'amour. Christophe avait une voix unique, suave, rauque qui la faisait frémir. C'était *leur* chanson. Dave l'ignorait évidemment. Ecouter cet air, un jour si important où elle s'engageait avec un autre, était une sorte d'hommage qu'elle rendait à son amour d'enfance. Que faisait-il en ce moment ? Aurait-il de la peine s'il la voyait au bras de Dave ? Sa vie en serait-elle révolutionnée ?

— A quoi penses-tu Darling ? lui a soufflé Dave à l'oreille, devant son regard un brin mélancolique.

Il était à cent lieues d'imaginer que Tania s'évadait vers l'être aimé, celui qui hantait ses nuits, surtout depuis qu'elle les partage avec Dave. Seule, elle gardait une image estompée presqu'effacée de leurs années de complicité et de fusion totale. Avec un autre, elle ressentait le manque de lui, comme si cet intrus prenait sa place.

*

Partir à Noël

Tania se levait toujours très tôt. Dès 5 heures du matin, elle absorbait son café accompagné d'un smoothie et de pain grillé tout jute beurré.

Elle tolérait de moins en moins les sautes d'humeur de son jeune époux. Un coup, il l'adorait et la couvrait d'attentions. Un coup, il la prenait en grippe et lui faisait tous les reproches de la terre, y compris celui d'avoir brisé ses rêves de champion.

Noël approchait. Un immense sapin bien fourni, coupé dans la forêt par Dave, jonchait le sol depuis plusieurs jours. Elle avait acheté, tout au long de l'année, des décorations dans une boutique dédiée exclusivement à Noël. Une petite fortune dont le budget avait dû être réparti sur plusieurs mois. Tous ces préparatifs devaient ravir Greg qui fêtera son premier vrai Noël, puisqu'il était trop jeune pour l'apprécier l'année précédente.

Le jour de Noël en Angleterre est une tradition à ne pas manquer. Même Dave, désintéressé de tout sauf de cette fête, s'investissait dans le programme : cadeaux, décoration, dîner (on fait quoi ? Une dinde ? Un saumon entier à la vapeur ?)… Il avait commencé à s'en occuper depuis plusieurs semaines puisque Noël en Angleterre commence avec l'Avent, quatre dimanches avant le 25 décembre. Il aidait les voisins à accrocher branches de houx, de lierre et de gui aux arbres du lotissement. Il avait fabriqué de ses mains, une couronne de pommes de pin et de fleurs qu'il avait accrochée à la porte. Tania était effarée de voir son efficacité quand il était motivé. Il était excité comme un gamin. C'était beau à voir mais si Tania aurait préféré qu'il se réalise autant dans le travail.

Ce dimanche matin, ils avaient prévu de passer aux choses sérieuses, c'est-à-dire à la décoration du sapin. Dave descendit à la cave chercher « une bonne bouteille » et la caisse de décorations de son enfance qu'il avait récupérée de la propriété familiale.

Sa famille manquait à Tania, en particulier à l'occasion de Noël. Durant des années, elle s'était refusée à faire marche arrière et à revenir, même si elle savait qu'elle faisait la plus grande erreur de sa vie.

Contre toute attente, c'est donc ce jour-là que Tania a décidé de s'enfuir, littéralement s'enfuir, avec son bébé sous le bras. Elle profita du départ de Dave à la cave pour récupérer les bagages qu'elle avait préparés en douce et fermer la porte sans un bruit. Dès qu'elle est sortie, Bébé Greg s'est mis à hurler comme jamais. Il devait penser inconsciemment que sa maman faisait des bêtises.

*

Retour au bercail

A J-8 de Noël, elle quitta donc Dave et son Angleterre cauchemardesque pour se réfugier chez ses parents. Elle se revoit encore à son arrivée à Lyon. Un taxi l'a déposée devant la nouvelle maison de ses parents dans la proche banlieue. C'est sa mère, effarée d'une telle surprise, qui a ouvert la porte. Son père était sorti faire le marché, comme tous les dimanches.

— Ma chérie ! Mon bébé chéri ! Quelle surprise ! Mais pourquoi ne m'as-tu pas prévenue ?

Sa mère enchaînait les exclamations et les questions, tout en débarrassant Tania de son joli fardeau, bien emmitouflé, qui continuait à brailler.

— Je ne sais pas ce qu'il a. Il n'a pas arrêté de pleurer pendant tout le voyage.

— Mais tu es partie quand ? Et ton mari ? Il n'est pas venu avec toi ?

Tania ne répondait pas à son flot de questions. Elle soufflait. Elle respirait profondément comme si tous ses soucis allaient s'envoler. Elle se sentait débarrassée d'un grand poids. Elle avait enfin repris sa vie en mains.

Elle a posé sa valise dans le hall de ce salon coquet, sobre et de bon goût dont la seule superficie devait faire le double de tout l'appartement de Tania et Dave à Cambridge.

Heureux de les recevoir, elle et leur petit fils, ses parents sentaient bien que quelque chose clochait. Ils ne pouvaient s'empêcher de la sermonner. Ils répétaient en boucle qu'ils l'avaient prévenue, qu'elle aurait dû les écouter, qu'ils lui avaient bien dit de ne pas partir avec un parfait inconnu, étranger qui plus est… Tania les faisait taire en prétextant que tout allait bien et qu'elle voulait simplement se reposer quelques jours.

Elle n'avait pas quitté un homme qui ne cessait de geindre sur son pauvre sort sans réagir, pour recevoir des sermons et des reproches de leur part.

Dave l'appelait en boucle. Il lui écrivait 20 ou 30 SMS par jour. Il lui demandait pardon, la suppliait de revenir. Il lui disait que depuis son départ, il n'était rien. Il ne pouvait pas passer Noël sans elle et leur fils adoré.

Entre des parents rancuniers et un mari meurtri, elle choisit la seconde solution. Elle le retrouva en lui faisant promettre de changer, de trouver un job et d'arrêter de boire. Il était prêt à tout pour la garder. Il jura de faire des efforts.

*

Ils passèrent un Noël magique. Dave avait voulu faire une belle surprise à Tania et à Greg. Il avait décoré la maison de rouge et de vert, et orné l'immense sapin qui touchait le plafond. D'énormes chaussettes rouges étaient accrochées à la fenêtre – à défaut de cheminée – dans l'attente des cadeaux. Le mythique *Christmas Pudding* attendait patiemment sur le plan de travail de la cuisine.

— Il a macéré dans l'alcool plusieurs jours… depuis que tu es partie en fait, a-t-il lancé fièrement.

Pour le décorer, il a ajouté, sans doute pour se porter chance, une pièce de 6 pences (symbole de prospérité) et deux bagues (symboles de l'amour).

Quel talent ! Tania était carrément époustouflée par une telle réception. Leurs nuits furent torrides. La magie de Noël avait frappé.

Greg poussait des « Oh » et des « Ah » d'émerveillement. Il avait retrouvé son cher papa. Il était le plus heureux du monde, abasourdi par autant de couleurs, de lumières et d'odeurs alléchantes.

Dave obligea Tania à ne rien faire. Elle était son invitée. Il allait s'occuper de tout. Et le repas de Noël fut à la hauteur d'un dîner de Chef étoilé.

— Je veux que tu mettes les pieds sous la table. Je m'occupe du tout Darling à moi.

Il avait opté pour un repas traditionnel anglais avec saumon d'Ecosse en entrée, dinde rôtie aux marrons en plat principal, Stilton, le fameux fromage anglais, puis le Pudding pour le dessert !

Mais ses promesses ont duré ce que durent les roses.

Pourtant, l'année avait commencé sur les chapeaux de roue. Bricoleur, il avait distribué des flyers dans toutes les maisons alentours pour proposer ses services, de jardinier, de plombier, de peintre… Il créa même sa propre société en tant qu'autoentrepreneur. Il lui trouva un nom qui pouvait se comprendre dans toutes les langues « Fabrik ». Tania l'encourageait. C'est elle qui avait fait le design de la pub façon Manga et l'impact fut colossal. Il croulait sous les demandes. Il l'invitait au restaurant, la couvrait de cadeaux somptueux. C'était une époque bénie. Plus de cris à la maison. Plus de cadavres de whisky et de rhum dans les placards.

Puis la machine s'est remise à dérailler. Il commença à refuser des missions sous prétexte qu'il était débordé et se remit à boire en cachette…

Tania, elle, continuait à dessiner et inventer des personnages.

A nouveau endettés, ils se nourrissaient midi et soir de pommes de terre et de pâtes. Plus jamais de produits désormais classés « de luxe » comme fruits, légumes, poissons ou côte de bœuf, le plat préféré de Tania. Ce fut donc à nouveau l'époque des vaches maigres. Elle n'avait jamais connu ça, les frigos vides. Plus jamais un dîner en amoureux dans un restaurant ou un apéro dans un bar. Ils se privaient de manger pour acheter le lait de bébé. Ils sautaient les rendez-vous médicaux. Ils ont même eu recours à l'association « Le beurre dans les épinards » qui distribue aux étudiants, les surplus et les invendus des supermarchés.

Elle finit par convaincre Dave de rentrer en France, prétendant qu'ils auraient peut-être plus de travail et plus d'avantages au niveau social.

*

L'année à Copenhague

Parenthèse indépendante de la volonté de Tania, ils ont passé, avant cet exil parisien, une année à Copenhague. Entraîné par un pote avec qui il faisait de l'aviron à l'époque des *compètes*, il décrocha un job de professeur.

Tania ne fit pas la fine bouche, trop heureuse de retrouver son *Dave d'amour* comme elle l'appelait à nouveau. La Fédération Internationale des Sociétés d'Aviron l'avait sélectionné pour les Championnats d'Europe, les premiers depuis 1963 à se dérouler dans la plus grande ville du Danemark.

Copenhague fut une parenthèse idyllique pour Tania qui se délectait des façades colorées du port de Nyhavn. Elles lui servirent d'inspiration pour sa BD « Les 4 sœurs au Danemark ». C'est à partir de cette première création qu'elle eut la riche idée de créer toute une série des 4 sœurs dans différentes villes. Uniquement ses villes favorites même si elles ne lui avaient pas forcément laissé de bons souvenirs. Suivront « Les 4 sœurs à Londres », puis à Paris, puis à New-York, puis à Marrakech.

Sa cible restait résolument les enfants jusqu'à l'adolescence. Mais le nombre de ventes lui a fait sentir que toutes les tranches d'âge pouvaient acheter ses livres. Et c'était sa fierté ! Enfin une réussite dans sa vie ! Sans ce travail d'illustration et d'écriture, ils n'auraient pas survécu. Que serait devenu Dave ? SDF sans doute. En dehors de l'aviron et de l'alcool, il n'avait aucune envie. Tania se reconnaissait de moins en moins dans son tempérament dénué de projets, elle dont l'adrénaline grimpait sur un coucher de soleil, un bon repas, un dessin, une envie…

Ces championnats d'aviron ne concernaient que les hommes. Tant mieux ! Cela évitait la fréquentation des filles. De ce côté-là, de toute façon, Tania pouvait dormir sur ses deux oreilles. Aucune femme n'avait grâce aux yeux du beau rouquin. Elle s'estimait chanceuse, en comparaison de ses voisines ou amies, toutes trompées par leurs maris, sournoisement ou officiellement. Pourtant Dave faisait craquer les femmes. Elle le voyait bien aux regards enamourés de celles qui croisaient sa route, de la factrice à la vendeuse de poissons, en passant par la buraliste qui avait le privilège de le servir tous les matins.

— Monsieur Dave reprendra bien quelque chose… Ah ben tenez… ça c'est pour moi.

Et elles y allaient de leurs petits cadeaux aguicheurs, un pain au chocolat, une tranche de saumon, un cigare… Dave n'y voyait que du feu et ramenait fièrement à sa dessinatrice d'épouse, les trophées de ses courses.

Dave était un amoureux éternel. Amoureux de son épouse. Il lui disait avec son accent british :

— Je t'aime parce que tu n'es pas comme les autres.

Et évidemment, Tania craquait. Elle le trouvait terriblement séduisant avec sa chevelure rousse épaisse, adorablement méchée. Rien que de le voir passer sa main dans les cheveux, la faisait chavirer.

— Les jambes en chamallow, disait-elle.

Son look à la Top Gun était carrément ravageur, blouson de biker, lunettes pilote hiver comme été, yeux saphir. Pas grand pourtant, à peine un petit mètre 72 mais une allure à tomber.

Il est né un dimanche. Cette naissance, un jour férié, lui permettait de dire qu'il était un « paresseux innocent », ce qui faisait rire Tania au début mais qui ne l'amusait plus du tout quelques mois après leur rencontre.

Hélas, le Club d'Aviron a fermé ses portes au bout de dix mois, faute d'élèves et de subventions. Dave se qualifiait de *looser* et Tania n'arrivait même pas à le rassurer. Ce n'était plus des manques de chance, c'était une véritable poisse irrémédiable. Une mauvaise fée avait dû se pencher sur son berceau. Déjà sa mère lui assénait à répétition qu'il portait malheur, l'accusant d'être la cause de tous les épisodes néfastes de sa vie. A force, il avait fini par y croire. Il s'accrochait à ce fléau comme une fatalité. Avec lui, il entraînait tout son entourage, père décédé très jeune et à présent Tania et plus tard certainement son fils.
Il fallait couper le cordon, briser cette chaîne de malchance qui la lie à lui. Tania n'y pouvait rien, pas plus que les autres. Tout ce qu'il touchait, était voué à l'échec. Il aurait pu faire pitié, s'il avait été moins arrogant en plus de ses déboires. Sa vie entière était jalonnée de mauvais choix, d'objectifs avortés, de plans hasardeux. Tania était au bout de ce qu'elle pouvait supporter.

Avec Noël, fut venu le temps des bonnes résolutions. Quitter le Danemark pour rejoindre la France. Mais avant cela, ils ont pu profiter de Copenhague à Noël. Un souvenir qui restera gravé dans sa tête à tout jamais. Chaussés de leurs patins, ils ont profité de la patinoire en plein air, avec un immense sapin placé juste devant. Ils sont retombés en enfance pour le plus grand plaisir de Dave, grand gamin.

Ils ont passé de longs moments dans le lieu incontournable d'un Noël à Copenhague, « Les Jardins de Tivoli ». Tania, bonnet blanc et manteau de fourrure immaculé, se blottissait contre son cher et tendre mari, jamais aussi heureux qu'à cette période. Le parc était complètement transformé pour l'occasion, avec un marché de Noël, des décorations partout, de la neige, d'immenses sapins, des trains électriques… Un vrai conte de fées. Ce Noël a représenté la vision idyllique que Tania avait de Noël : lumières, décorations et surtout une ambiance de fêtes.

Les pays du Nord reflètent un état d'esprit particulier qui rend le mois de décembre si agréable. Tania commençait à comprendre Dave pour qui Noël était une tradition sacrée, à ne manquer sous aucun prétexte.

*

La vie parisienne

C'est ainsi qu'ils déboulèrent à Paris. L'aviron étant quasiment une secte, ce lien a permis à Dave de dégoter appartement et job. Il devint chef du service Sports Aquatiques de la MJC Eiffel dans le XVIème arrondissement de Paris.

Tania soufflait un peu. S'occuper de Greg l'occupait beaucoup, mais elle pouvait dessiner le temps des siestes et la nuit quand toute la maisonnée dormait.

Côté intime, il ne se passait plus grand-chose dans le couple. Baskets trouées, vieux caleçons… avaient eu raison du désir de Tania pour son époux.

— Comment en vouloir à un homme qui porte de

pareilles chaussettes tirebouchonnées ? confiait-elle à sa mère, indulgente voire attendrie malgré tout.

— Je t'aime à en crever Darling de mon cœur, ne cessait-il de lui répondre au moindre reproche.

Malgré ces déclarations enflammées, il s'endormait avant même de l'avoir effleurée. Ses ronflements intempestifs envahissaient l'appartement entier et allaient même jusqu'à réveiller Greg.

C'était l'occasion pour Tania de se retrouver, de dessiner, de gribouiller des mots et surtout d'alimenter son journal intime. Jour après jour, il relatait sa vie, ses tourments, ses peines, ses joies, tout ce qu'elle pensait des gens qu'elle croisait.

En réponse à ses mots d'amour, elle écrivit ce jour-là :

Il ne faut pas m'aimer. Tout nous sépare.

J'espère que tu te stabiliseras. Après je disparaîtrai.

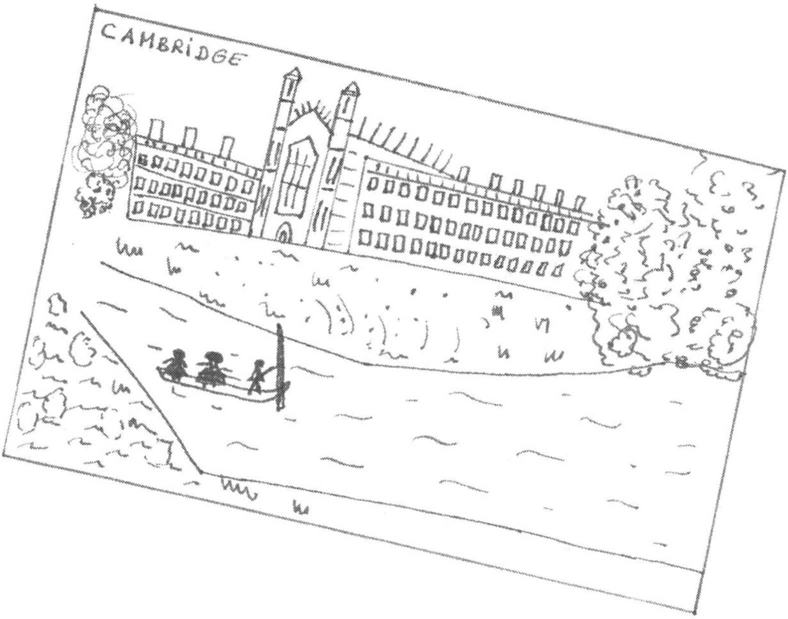
CAMBRIDGE

2.

25 ans plus tard

Pour des raisons pratiques, Tania porte des baskets. Ainsi, elle peut déambuler chez elle en silence et de manière confortable, passer de la cuisine à sa table de dessin, descendre les poubelles ou acheter une baguette de pain à la boulangerie du quartier.

Elle doit justement faire des courses pour le dîner de ce soir, plutôt l'apéro dînatoire. C'est l'idée de Greg qui trouve ce mode de soirée plus convivial et plus propice aux échanges naturels… Et pour cause ! Aujourd'hui, est un grand jour. Il doit présenter à ses parents, sa petite amie qu'il fréquente depuis la rentrée scolaire de septembre. Il a dû appeler sa « môman » une dizaine de fois depuis son départ de ce matin pour savoir si tout était prêt et surtout si son père était présentable.

Tania s'observe attentivement dans la glace tout en se

massant le nez comme toujours. Elle le découvre encore, ce nouveau visage.

— J'aurais dû garder le nez de mes ancêtres. Je crois que je m'y serais faite en grandissant, dit-elle à haute voix.

A 14 ans, Tania avait profité d'une déviation de la cloison nasale pour se faire modifier le nez au bistouri gratuitement par un chirurgien esthétique. Pourtant, il était plutôt droit par rapport à celui de sa famille dont le nez aquilin était une marque de fabrique. Christophe avait essayé en vain de l'en dissuader, d'abord parce qu'il la trouvait belle naturellement mais surtout parce que l'anesthésie l'effrayait. Mais, quand Tania avait une idée, elle l'exécutait, quitte à faire une erreur. On a vu ce que ça donnait par la suite.

Son nez, devenu un modèle d'absolue perfection, ne lui plaisait pourtant pas. Elle ne reconnaissait plus son visage et le temps n'arrangeait rien à l'affaire. Il sonnait faux dans l'harmonie de ses traits, elle en était persuadée. Dave ignorait tout de cette transformation. D'ailleurs, elle n'en soufflait mot à personne. Même après son opération, les voisins qui la connaissaient pourtant bien, n'y avaient vu que du feu. C'est tout dire sur l'altruisme des gens, de manière générale.

— En fait tout le monde s'en fiche ! Tu peux avoir du persil dans le nez, ils ne le remarqueront pas, commentait-elle à sa mère.

Plutôt que de prendre l'ascenseur, Tania opte toujours pour une descente vertigineuse à pied. C'est son sport de la journée. Et si on sait qu'elle habite au 7ème étage d'un immeuble haussmannien avec deux fois plus de marches que dans une résidence moderne, elle force le respect. Pour les remonter, elle grimpe sur la pointe des pieds, ce qui entretient le galbe de ses mollets.

Ils ont élu domicile Rue de Lévis à Paris. Ils s'y sont installés à leur arrivée et n'en ont jamais bougé. Ah !

L'ambiance village de ce quartier ! Tania connaît chaque commerçant de cette rue qui fleurit de boutiques, magasins, brasseries, bars… Tout y est, même son coiffeur, un Libanais qui réussit des brushings à la Japonaise sur la chevelure fournie de Tania. Comme pour le poisson sur le port de Marseille, les fruits et légumes se vendent à la criée. Son itinéraire de shopping est toujours le même ou presque, la meilleure boulangerie du XVIème, son caviste amateur de Pommard, sa boutique de fringues, sa boucherie dont la taille minuscule est inversement proportionnelle à la saveur de la viande, et bien sûr le Monop' avec un passage quotidien au moins pour un paquet de lingettes, du coton, un cadeau, une brosse à dents… Et parfois son fleuriste aux compositions simples et de bon goût, sa librairie papeterie pour un cahier, des feutres ou un roman, son chocolatier surtout à l'époque de ce sacré Noël.

Tout près de cette rue, elle retrouve parfois Dave dans un des nombreux restaurants sympas du quartier, tantôt un italien, tantôt une brasserie typiquement parisienne. Mais Dave étant peu adepte des sorties en amoureux, elle va souvent au restau ou au ciné toute seule. Cela ne la gêne absolument pas, même si les gens la regardent bizarrement.

Il fleure bon la vie dans ce quartier. Et si Tania ne vibre pas d'amour fou pour son compagnon, elle apprécie cette sérénité, ces petits bonheurs, cette vie paisible qu'elle a pu finalement acquérir.

Tous ceux qui la croisent la saluent et l'appellent par son prénom. La désormais stabilité financière de son couple lui permet de marcher la tête haute. Ils ne sont pas riches mais ils payent leurs impôts et se font plaisir. Aucune place à l'épargne mais ce n'est pas grave. S'ils vivent au jour le jour, Tania ne saurait se plaindre, elle qui a connu la disette et les privations. Chef de Service à la MJC est un poste stable et quasiment de fonctionnaire. Heureusement, car les absences, pour un oui pour un non de Dave, n'auraient pas été pardonnées dans une entreprise.

Dans le sport, Dave est une figure comme toujours. Son genou s'étant rétabli, il excelle à nouveau en aviron mais aussi dans les autres sports nautiques. Et puis son CV de Champion force l'admiration de ses élèves qui se bousculent pour l'avoir comme prof. Il a un sens pédagogique inné avec une patience hors normes. Il s'occupe de ses élèves avec bonté et générosité comme il l'a fait pour Greg dès la première fois qu'il l'a eu dans les bras. Et ça, Tania adore ! C'est sans doute la raison pour laquelle elle est restée avec lui et n'a jamais quitté cet homme sans ambition.

Côté physique, il s'est laissé aller. Même sa chevelure légendaire s'est dégarnie, faisant apparaître une calvitie galopante. Ses yeux bleus se fondent sous ses paupières gonflées par l'alcool. Quand il boit, il n'est pas violent, d'ailleurs il n'est jamais agressif avec sa femme ni avec quiconque. En cas de conflit, il disparaît, il dort et devient hors circuits. L'alcool lui permet sans doute d'oublier ses échecs. Avec ce poste à la MJC, il a son bâton de Maréchal mais cette opportunité est tombée du ciel pour sauver leur famille.

Le petit plus, c'est Tania qui l'apporte. Sa série des 4 sœurs se vend comme des p'tits pains. Son best-seller, « Les 4 sœurs à Copenhague » lui rappelle cette année sublime, comme une respiration merveilleuse dans sa vie conjugale. Vendu à 1 million d'exemplaires outre Atlantique, il leur permettra de survivre quelques années.

Dave n'avait jamais été aussi épanoui et donc attrayant, séducteur, amoureux. Ils avaient retrouvé les ardeurs de leur rencontre et de leurs premières nuits enflammées. C'est l'époque aussi où Tania a attendu un autre enfant, grossesse qui s'est terminée par une fausse couche, s'ajoutant aux malheurs de leur union, décidément mal aspectée. Mais qu'aurait-elle fait d'un second enfant dans cette situation matérielle incertaine ? Elle s'était donc dit que ce drame avait été plutôt une chance. Et puis, elle avait Greg et son fils lui suffisait. Leur harmonie totale était intacte.

Tania, les bras chargés de sacs en papiers kraft, s'offre un jus d'orange pressé à un kiosque de fruits frais. Puis elle s'installe à une terrasse de café. Elle adore s'immerger dans la vie parisienne, lire son magazine auquel elle est abonnée depuis des lustres et qu'elle traîne toujours dans son sac besace. Face à son café, elle se délecte du spectacle de la rue, des passants, des odeurs, des couleurs… Un moment de détente plus qu'apprécié pour cette hyperactive qu'elle est. Il est déjà midi. Elle commande un croque-madame au poulet pour prolonger le moment. Ce café tenu par des Juifs propose cette variante du cultissime plat brasserie. Elle s'en réjouit, elle qui ne mange pas de porc depuis sa naissance, rite familial toujours respecté, davantage par tradition que par conviction religieuse.

*

Elle est satisfaite d'avoir opté pour l'apéritif dînatoire. Elle pourra le préparer à l'avance et profiter complètement de ses convives. Pour changer des habituelles chips, cacahuètes et autres biscuits apéritifs, elle a fait le plein d'inspiration dans ses fiches cuisine découpées à la fin de chaque magazine. Verrines, bouchées, petits feuilletés, dips, gougères, mini cakes, il n'y a que l'embarras du choix. Elle compte bien les épater et surtout faire plaisir à son fils qui va lui présenter sa copine. Lui qui était plutôt intello est passé de sa console de jeux, à des sorties régulières avec cette jeune fille. Tania sait seulement d'elle qu'elle a cinq ans de moins que lui et qu'elle est « solaire » selon l'expression de Greg.

C'est lui qui a préparé la boisson, la préférée de sa copine, le *Cocktail Porn Star Martini*. Un nom évocateur qui dans l'imaginaire de son créateur, un bartender londonien, pourrait être un cocktail qu'une pornstar boirait. Ce choix inquiète Tania quant à la personnalité de cette fille sortie de nulle part. Mais ce que veut Greg, Tania l'exécute. Elle ne sait rien refuser à ce fils adoré qui ne lui apporte que des satisfactions.

— Eh Mam, je te rassure, il y a rien de sexuel là-dedans, précise Greg devant le regard gêné et étonné de sa mère face à ce cocktail au nom sulfureux.

Tania, ignorant sa composition, a acheté une bouteille de Martini. Forcément, vu son nom ! Greg l'a mise de côté et pour cause. Cette boisson n'a pas une goutte de Martini. Elle est juste servie dans un verre du même nom.

Tania se demande pourquoi Greg veut déjà lui présenter officiellement cette fille qu'il connaît depuis si peu de temps.

Elle ne peut s'empêcher d'associer ce fait nouveau à son coup de foudre amical puis amoureux avec Christophe. Elle savait que c'était lui et que ce ne serait personne d'autre, dès le premier jour. Pourtant, le destin en avait décidé autrement. Qu'aurait été sa vie avec lui ? Sans doute plus heureuse que celle qu'elle mène avec Dave. Mais Tania n'aime pas les regrets. Elle est persuadée qu'on est responsable de sa vie. Si elle n'est pas à la hauteur de ce qu'on avait espéré, on ne doit s'en prendre qu'à soi-même.

Pourquoi n'a-t-elle pas quitté Dave depuis toutes ses années ? Par habitude, par pitié, par peur d'être seule ? Elle l'ignore et ne veut pas l'analyser.

L'appartement est impeccable. Tania a empilé ses planches de dessins qui occupaient beaucoup d'espace dans l'appartement. L'apéro est posé sur la table basse du salon, prêt à être dévoré avec ces odeurs alléchantes d'épices du monde entier.

La maîtresse de maison a parfumé la pièce, du parfum de l'hôtel où elle descend à Bruxelles pour le Festival de la BD chaque année.

Se voulant irréprochable, elle a essayé de mettre une touche de féminité dans son allure masculine. Ce look improbable de garçon manqué, elle l'a acquis par la force des choses. Le milieu de la Bande Dessinée est terriblement macho. Elle a compris immédiatement le pouvoir du vêtement. Voir débouler une dessinatrice autrice n'est pas une simple affaire. Elle a donc troqué jupes et tee-shirts moulants pour des pantalons et des pulls larges et informes. Voilà qui devait rassurer cet univers de mâles et la faire rentrer dans la cour des dessinateurs à succès.

Ce soir étant un moment d'exception, son style devra marquer la différence. Elle veut plaire à Greg, mais aussi et surtout à la nouvelle conquête de son p'tit chou. Elle a opté pour un tailleur ultra cintré blanc mettant en valeur sa silhouette fine pour ses 1m78. Elle s'est appropriée cet ensemble de coton, acheté dans la boutique de sa rue, en le portant à sa sauce, c'est-à-dire sans bijoux, ni foulard ou autre fioriture.

— Darling, tu as mis des talons ? Waouh ! Mais ce n'est pourtant pas Noël, s'est exclamé Dave en découvrant ses jambes fines et musclées de sportive, nichées sur des escarpins de 7 cm au moins de talons.

— Oui… T'aimes pas ?

— J'adore !

Ce pauvre Dave est amoureux de sa femme comme au premier jour. Il ne sait pas qu'elle vit avec lui comme sur un nuage et qu'elle en aime un autre secrètement depuis toujours. Un homme qui a tout du fantôme puisqu'elle ne l'a jamais revu.

— Il est peut-être mort ! se dit-elle parfois.

Elle a été jusqu'à maquiller ses yeux de chat et poudrer de terra cota, ses pommettes saillantes. Elle teste le rouge à lèvres puis frotte avec énergie pour l'effacer tant elle trouve ça trop vulgaire. Un gloss brillant suffit à valoriser sa bouche magnifiquement ourlée. Voilà un très gros bouleversement pour l'adepte du *no make up* qui peut se vanter d'une peau divine, d'une bouche merveilleusement pulpeuse et d'un visage affûté.

Elle veut faire plaisir à son fils et l'honorer comme on le ferait pour un amoureux. D'ailleurs, c'est ainsi qu'elle le nomme souvent « mon amoureux ». Elle a toujours pu compter sur lui dans les épreuves matérielles ou sentimentales. Le comportement irresponsable de son père l'a d'ailleurs muri avant l'heure. Il protège cette mère qu'il chérit tant, avec le seul vœu de la rendre heureuse. Son bonheur lui importe plus que tout.

Tania se surprend à se demander ce qu'il adviendra de leur relation exclusive quand il aura une chérie, une amoureuse, une fiancée puis une épouse. Il la rétrogradera probablement à son simple rang de mère. Elle doit se préparer à ce changement légitime, sans égoïsme. Elle espère simplement qu'il ne se brûlera pas les ailes et qu'il sera plus heureux en amour qu'elle ne l'a été.

*

L'heure va bientôt sonner. Un texto aussi efficace que lapidaire de Greg, adepte du genre, annonce leur arrivée à tous les deux. Tania et Dave sont au garde-à-vous comme des piquets. Ce couple dépareillé n'en est pas moins attentif à sa progéniture. Ce sont de bons parents, dévoués totalement à leur fiston, leur fierté, qui n'a d'ailleurs jamais posé de problème.

Greg entre dans l'appartement, précédé d'une jeune fille qu'il tient affectueusement par l'épaule. Tania la prend spontanément et chaleureusement dans ses bras. Elle lui colle une bise sur la joue, marquant immédiatement son agrément de belle-mère. La glace est rompue. Dave, quant à lui, par respect, lui serre la main en lui souhaitant la bienvenue à sa manière.

— Welcome !

— Ah oui tu sais… Mon père est anglais, alors il fait un mixe franco british quand il parle. Faut pas t'étonner ! Et moi, je l'appelle *Dad*, le diminutif de Daddy au lieu de Papa. C'est ainsi depuis que j'ai prononcé mon premier mot. Et c'est aussi ce qui fait que je suis bilingue. Eh oui ! J'ai toujours parlé les deux langues, parfois même dans la même phrase. Voilà ce que donne une éducation franco anglaise.

La jeune fille n'a toujours pas prononcé un mot. Rougissante, elle semble une personne correcte et bien élevée donc rassurante pour les parents de Greg. Ni punk, ni exubérante, ni vulgaire, elle est jolie et élégante. Tout pour rassurer les hôtes, sur le qui-vive.

Le canapé Chesterfield revêtu d'un plaid de laine écossaise accueille le jeune couple. Tania reste debout, prête à servir tandis que Dave propose à boire à tout ce petit monde. Greg savoure sa bonne idée d'avoir prévu le cocktail préféré de sa copine.

— Evidemment j'ai préparé un Cocktail Porn Star Martini, lui lance-t-il glorieusement.

— Merci ! C'est trop gentil ! Mais fallait pas ! Ça ne plaît pas forcément à tout le monde.

— En effet, rétorque Dave, moi je préfère un bon rosé tout simplement… Bon, sinon ? C'est cocktail pour tout le monde.

Tania ne raffole pas des boissons sucrées mais suit le mouvement, par solidarité et éducation.

— Alors, parlez-nous un peu de vous, introduit-elle maladroitement.

— Elle est belle hein ? lance fièrement Greg en la couvant du regard. Elle est glam rock comme on dit ! Elle a une allure à nulle autre pareille, tu trouves pas Mam ?

— Bien sûr, vous êtes très jolie Mademoiselle. Comment dire le contraire Pt'it chou ? De toute façon dans les yeux d'un amoureux, on est toujours la plus belle.

Cette asperge longiligne qui dépasse la grande Tania, malgré ses ballerines ultra plates, doit se faire remarquer dans la rue. Son jean patte d'eph la grandit encore davantage et traîne par terre. Seul côté sexy, sa chemise à carreaux largement entrouverte. Elle laisse percevoir un décolleté pulpeux, ce qui est étonnant par rapport à sa finesse. Elle tient à garder sa veste en cuir sans doute par élégance.

Tania observe avec persistance ses yeux. Ce regard félin et ses yeux en amande lui font penser à quelqu'un, mais qui ?

— Déjà… Comment vous appelez-vous ? Greg parle toujours de vous en disant « elle ». Du coup, on ne connaît pas votre prénom, commence-t-elle, pour entamer la conversation.

— Oui, ce sera plus pratique pour vous parler, ajoute Dave qui s'est rempli un grand verre de vin, plein à ras bord, avec quelques glaçons.

— Et pour cause ! commence Greg. Je gardais cette info pour voir ta réaction en le disant.

— Ah bon ? Pourquoi ? Laissez-moi deviner ! Il est si original que ça, votre prénom ? Moderne ? Vieillot ? Qu'a-t-il de particulier ? Ou bien c'est celui d'un héros de BD ou plutôt d'une héroïne ? Barbarella ? Jodelle ? Bécassine ? Non quand même pas !

— Ça y est, ma mère est partie dans son trip ! Ça m'étonne qu'à moitié. Avec l'imagination qu'elle a, elle va t'affubler de prénoms de mangas.

— Vous n'y êtes pas du tout, s'esclaffe la jeune fille, à présent complétement déridée face à la tournure bon enfant de cette réception.

Elle qui craignait une telle rencontre où elle serait probablement mise sur la sellette, se sent tout à fait à l'aise dans cette famille aussi atypique que sympathique.

— Je donne ma langue au chat. Bon ! Greg tu ne vas pas nous faire baver plus longtemps. Accouche !

— Je te le donne en mille ! Tu vas tomber, quand tu sauras ! En tous les cas, le suspense règne parce que tu n'as toujours pas deviné son prénom, ni *Dad* d'ailleurs.

La jeune fille balaye, de gauche à droite, pouce et index sur ses lèvres bien fermées pour confirmer qu'elle ne dira rien.

— Motus et bouche cousue. Je te laisse l'honneur de dévoiler ce secret de polichinelle, dit-elle gaiement.

— Bon ! Personne n'a trouvé ? A la une ! A la deux ! A la trois ! Le prénom de cette jeune fille ici présente, que vous voyez dignement assise sur ce canapé qui a bien vécu et qui mériterait d'être remplacé après ses bons et loyaux services…

— Ah ! Mais j'y crois pas Greg ! Tu ne vas pas nous faire une Paracha de ta devinette.

— Si t'utilises des noms juifs, on va complètement la perdre, notre invitée. Ma chère mère compare toujours la lenteur d'un événement, à la Paracha. C'est la prière du soir des Pâques Juives qui dure des heures et des heures.

— Je connais très peu cette religion mais elle m'intéresse pour ses rites et surtout la kabbale.

— Au fait, je t'ai pas dit, je suis juif. Mon père est goy mais comme on est juif par sa mère, je suis juif et aussi… circoncis, dit Greg en piquant un fard. J'espère que ça ne te pose pas de problème !

Il faut dire que sa peau de rouquin le fait souvent rougir. Ce qui, pour un garçon, est aussi surprenant que charmant. Et ce qui ne l'empêche pas d'afficher une virilité certaine avec son corps bodybuildé et sa taille de basketteur. En cela, il a plus hérité de sa mère que de son père. Comme la nature fait bien les choses, il est un savant compromis entre les deux, en fait.

— Tu ne lui as pas dit que tu étais juif ? On se demande de quoi vous parlez tous les deux, s'esclaffe Tania.

— *Well* ! Et si on revenait au vif du sujet, lance Dave qui garde les pieds sur terre pour une fois, bien qu'en étant à son troisième verre de vin, bien plein, alors que les autres ont à peine entamé le premier.

Les deux jeunes gens apprécient en chœur ce qu'ils appellent « la cerise sur le gâteau » de leur cocktail préféré : la dégustation du fruit de la passion bien imbibé de Vodka et de Champagne, à la petite cuillère.

— Ça va ! Ça va ! Je suis vraiment déçu que vous n'ayez pas trouvé. Bon allez ! Je te laisse la primeur. Avoue-leur ton joli prénom…

— Roulements de tambours, lance la jeune fille qui

s'amuse de ce suspense, autour de quelque chose d'aussi banal.

— On trépigne d'impatience ! dit Tania, vexée de ne pas avoir deviné, elle qui se montre souvent très perspicace.

— Mon prénom commence par T…

— Tiffanie

— Non

— Tabata

— Non

— Tristane

— Non… C'est quand même dingue que vous ne trouviez pas… Il commence par T et se termine par… a.

— J'ai trouvé !!! Mais comment n'y ai-je pas pensé tout de suite ? Tania ? Vous vous appelez Tania ? Comme moi ? C'est incroyable ! C'est pourtant assez rare comme prénom !

— Eh oui ! C'est ce qui fait que j'ai été attirée par elle au début. Je lui ai dit tout de suite qu'elle avait le prénom de ma mère, poursuit Greg, fier de son petit effet qui a bien meublé les préambules de la présentation.

— Il a même ajouté « de ma mère adorée », complète la jeune fille. Ce qui pour un garçon m'a paru étonnant et adorable. Du coup, je me suis dit, ce gars-là il doit être bien !

— Ça va être compliqué quand on va se parler. On ne saura pas à qui on s'adresse, ajoute Tania amusée.

— J'ai une idée ! J'y ai déjà pensé, figurez-vous ! s'exclame Greg. Maman, pour toi on dira Tania C. comme Cooper notre nom de famille. Le nom de jeune fille de ma mère, c'est Lellouch, comme Claude mais avec deux l. Depuis qu'elle s'est mariée avec mon Anglais de paternel, elle s'appelle Cooper. Son nom de scène, comme elle dit, c'est Tania Cooper. C'est pour ça que tout le monde, les lecteurs et les éditeurs de ses BD, tout le monde pense qu'elle est 100% anglaise.

— Je me souviendrai toujours du titre *Une anglaise à Paris* du premier article sur moi, paru dans « Le Figaro » … quand même, excusez du peu… précise Tania fièrement. Je n'ai jamais démenti. Ça mettait une touche d'originalité dans ma carrière. Les gens adorent ça les « histoires ».

— Bon ! Alors c'est vendu ? Tania C. pour maman et toi Mini Tania tout simplement. Quand vous êtes toutes les deux ensemble, bien sûr pas toujours.

— Les Tania sont susceptibles, paraît-il et elles ont tendance à se laisser emporter. Elles choisissent de préférence le domaine artistique. Je comprends pourquoi vous êtes dessinatrice, Madame. Moi, je ne me reconnais aucun talent particulier. J'ai commencé le piano mais bof. La danse classique, oui j'en ai fait, mais je ne suis pas danseuse d'opéra. Bref je suis en terminale pour l'instant. On verra bien. J'ai peut-être un talent qui va se révéler plus tard. En tous les cas, je rêve d'être photographe, précise modestement la jeune-fille.

Tania se demande par quel hasard cette personne, promise visiblement à son fils, porte le même prénom qu'elle. Un prénom assez rare et peu utilisé en France.

Ses parents à elle l'avaient baptisée ainsi du prénom de sa grand-mère maternelle. Cette Italienne catholique avait épousé son grand-père Samuel, un jeune médecin juif. Ils habitaient à Paris où il avait un cabinet qui marchait bien. Adulé par sa clientèle fidèle, il soignait riches et pauvres de la même manière et offrait les consultations aux plus démunis. C'était un saint homme, selon les dires de sa fille, la mère de Tania. Celle-ci était bébé quand ils ont été dénoncés par des voisins. Transférés à Auschwitz, ils ont été séparés à leur arrivée dans le camp de concentration. Le grand-père revint amaigri et traumatisé par les horreurs qu'il avait vécues et les tortures qu'on lui avait infligées.

Sa grand-mère, Tania, ne sortit jamais de l'enfer. Pourtant

elle n'était pas juive, mais seulement mariée à un juif, ce qui n'était pas vérifiable. Les hommes, eux, pouvaient prouver qu'ils n'étaient pas circoncis donc pas juifs. Les femmes n'avaient aucun moyen de le démontrer. Ironie du sort, le grand-père revint des camps. Il éleva sa fille dans la tradition juive, plus pour la mémoire que par conviction religieuse. La grand-mère catholique périt dans les chambres à gaz.

La mère de Tania, quand elle eut son bébé, voulut la baptiser du nom de cette mère qu'elle n'avait jamais connue et dont elle gardait le portrait sur un médaillon en argent qu'elle ne quittait jamais. Comme un hommage à cette chère disparue qui lui a tant manqué tout au long de sa vie.

Et c'est ainsi que Tania se mit à raconter avec émotion pourquoi on lui avait donné ce prénom. L'assistance, très attentive, n'a pu retenir ses larmes, même Greg qui avait pourtant déjà entendu des centaines de fois cette histoire.

— Je sens que j'ai plombé l'ambiance ! ponctue Tania.

En Terminale, la jeune fille raconte qu'elle vient de passer des concours pour intégrer une école de photographie.

— Elle passe les exams de toutes les villes ! lance Greg.

— Imagine si t'es prise à Nice, je fais quoi, moi ? poursuit-il.

— Eh ben ! On se verra les week-ends. Comme ça, on est sûr de ne pas se disputer.

— Moi tu sais l'amour à distance, j'y crois pas trop. C'est pour ça que ma mère a suivi mon père qui vivait pourtant en Angleterre.

— Mauvais exemple Pt'ti chou. J'étais inconsciente. J'aurais dû attendre. Cela aurait pu nous éviter tous les déboires des débuts.

La soirée se poursuit entre rires contagieux, anecdotes

truculentes à l'anglaise de Dave et même albums de famille. L'entente entre tous les quatre est parfaite et harmonieuse. Personne ne se sent écarté des échanges.

Au fil des heures qui s'écoulent, la jeune fille fait de l'effet à son futur beau-père, lors de cette première rencontre. Dave est littéralement sous le charme. Il faut dire que la jeune fille boit ses paroles. Il se vante de son obsession pour la nourriture biologique avec ses choix de légumes et de fruits du jardin. Les autres convives lèvent les yeux au ciel d'ennui tandis qu'elle semble fascinée par tout ce qu'il dit.

Dave tient incroyablement bien l'alcool. Il s'est ouvert une autre bouteille de rosé gaiement alors qu'il est le seul à boire du vin.

— Quelles sont vos passions, chère Tania ? enchaîne-t-il, intarissable.

— L'équitation. J'en fais depuis que je sais marcher quasiment. J'ai mon cheval à moi dans mon Club.

— Ah oui ! Ça se voit à votre jolie allure. Vous avez une stature d'amazone, dit Tania, admirative.

— Merci c'est gentil, ça me touche !

— Mon meilleur ami d'enfance avait aussi une folle passion pour l'équitation. Il faisait même des compétitions. J'en ai passé, des dimanches à le voir ! Il a présenté le concours complet d'équitation, je tremblais à chaque saut d'obstacle. En fait, je fermais les yeux, tellement j'avais peur qu'il tombe.

Comme toujours quand elle pense à Christophe, son amoureux éternel, Tania s'évade vers leurs souvenirs, leur complicité indéfectible, leurs baisers, leurs regards.

— Mon père a des chevaux de course. Dans la famille, c'est obligatoire de faire du cheval. Il n'y a que ma mère qui n'en fait pas, précise la jeune-fille.

— Pourquoi ne pas en faire un métier ? demande Tania.

— Je suis trop grande pour ça, hélas ! J'en aurais rêvé ! Pour être jockey, il faut mesurer moins d'1m55 et peser entre 46 et 54 kg. Alors j'en suis loin ! Mes parents m'ont trop bien arrosée quand j'étais petite.

Vers une heure du matin, la fatigue pointe le bout de son nez et les silences se font de plus en plus longs. Greg raccompagne la jeune Tania et ses parents ne le reverront pas jusqu'au lendemain matin.

BAR
A FRUITS
LE KIOSQUE DE FRUITS FRAIS

3.

Il faut être deux pour se souvenir

Comme à chaque fois qu'elle doit écrire les textes de ses BD, Tania part s'isoler trois semaines loin de tout. Sa dernière œuvre « Les 4 sœurs au Japon » doit être livrée à une nouvelle société d'édition qui lui a fait un pont d'or pour se l'approprier. Les prestigieuses Editions Crestann ont envoyé leur directeur de communication pour finir de la convaincre. Il faut dire qu'elle avait fait part de sa décision de quitter les Editions Gatard à la suite de la nomination du nouveau directeur de la maison d'édition, un antisémite notoire :

— Mes valeurs et mes convictions ne sont plus en phase avec la direction que prend la maison.

Elle coupe toute relation avec l'extérieur, pas de téléphone, pas de mail, mais garde le Wifi, indispensable pour ses recherches, au fur et à mesure de l'écriture. Elle loue habituellement une petite maison, toujours la même, près de

Lyon, sa ville natale.

Cette fois, « c'est *Palace* », comme elle a lancé glorieusement à Greg. Les Editions Crestann lui ont réservé un appartement dans un *Relais et Châteaux* à Mane en Provence. Rien que ça ! Elle ne court pas forcément après le luxe mais ce confort tombe du ciel pour travailler en toute tranquillité et se consacrer 100% à l'écriture. Elle n'aura pas de souci matériel.

Au volant de sa petite Mini, elle se sent des ailes. Un vent de liberté souffle dans sa vie. Greg passe son temps libre avec sa nouvelle copine, *Mini Tania*, comme elle l'appelle désormais. Dave pourra s'adonner à ses activités préférées, foot, chips et copains.

Elle prend le chemin des écoliers à partir de Lyon pour découvrir les petits villages français qui nourrissent son inspiration. Elle s'arrête dans une ferme auberge et savoure un déjeuner simple et savoureux. Elle arrive enfin, après trois bonnes heures de Route Nationale, devant le sublime lieu qui l'accueillera près d'un mois. Lové à flanc de colline, l'hôtel est adossé au village pittoresque de Mane.

Impressionnée par un tel prestige authentique, sa première pensée est qu'elle devra se surpasser pour rentabiliser de tels frais pris en charge par son nouvel employeur. Cet ancien couvent construit en 1613 conjugue avec habileté, modernité et architecture médiévale.

Elle ferme les yeux pour s'imprégner des odeurs de lavande et du chant des cigales. Elle comprend, ô combien, Marcel Pagnol qui a su imaginer de si belles histoires dans ces villages à l'ambiance unique.

Elle s'installe dans sa chambre, de la taille d'un

appartement. Un bureau peut accueillir, cahiers, stylos, crayons, gouaches et surtout son ordinateur. Elle a amené sa planche à dessin bien que cette partie, la plus importante, soit bouclée. Mais en écrivant les textes, elle est souvent amenée à retoucher les illustrations.

L'hôtel est désert sans doute à cause de la période hors saison. Il réouvre, après une fermeture annuelle de plusieurs mois. Elle ne peut que se réjouir d'arriver dans de ce havre de tranquillité. Elle a demandé une chambre dans l'annexe, hors de la bâtisse principale, pour ne croiser personne. Le principe du couvent convient tout à fait à ce qu'elle cherche.

Comme promis, elle éteint son portable et désactive la boîte mail pour ne pas être tentée de consulter les messages au quotidien. Tout le monde sait l'importance de cet isolement et le respecte à la lettre, sauf catastrophe, ce qui n'est, par bonheur, jamais arrivé.

Le jour de son retour, elle doit livrer son ouvrage, le 10ème de sa série des 4 Sœurs. Scoop ! Les héroïnes ont grandi et cette BD s'adressera aux parents de ses lecteurs habituels. Elle a même dessiné des scènes d'amour. Une manne pour les éditeurs. Avec 350 000 exemplaires prêts à inonder les étals des libraires, ce dernier album rivalisera avec le dernier *Blake et Mortimer* qui domine le classement des plus gros tirages de bande dessinée de la rentrée.

Le soleil du mois de mai se prête à merveille à l'imagination. Ni canicule, ni froid, la température annonce la plus parfaite plénitude.

*

La Provence inspiratrice

La douceur de vivre à la provençale a toujours su attirer les artistes en quête d'inspiration. Tania en apprécie chaque jour les pouvoirs. Elle imagine s'installer ici, définitivement, quitter tout, Paris et Dave surtout. Elle ne se sent plus charge d'âme auprès de Greg et n'a jamais eu un sentiment de dépendance envers son mari. Ce serait plutôt le contraire. Il l'empêche d'avancer, lui procure soucis et agacements. Leur vie sexuelle est réduite à néant ou quasiment. Sur une prise de conscience, il arrive à Dave de draguer sa femme comme si c'était leur première rencontre. Elle n'éprouve alors ni plaisir ni sentiment de satisfaction. Elle s'exécute machinalement comme si cette tentative de séduction ne pouvait pas se refuser.

Il est temps de passer à autre chose. Au risque d'essuyer cris et larmes, elle doit tout faire pour retrouver une vie de célibataire. Le peu de rencontres qu'elle fait en dehors des siens se limite à la société d'édition - peuplée quasiment exclusivement de femmes -, de commerçants du quartier ou de voisins qui n'ont pas changé depuis leur arrivée. Elle s'imagine vieillir avec eux, les voir disparaître les uns après les autres irrémédiablement. Cette appréhension lui donne le tournis et la hante. Elle serait prête à tout quitter, partir, déménager, s'exiler, peu importe où, pour ne pas subir cette sinistre et morose destinée.

— Qu'est-ce que j'attends pour être heureuse ? se demande-t-elle.

*

Quelques jours plus tard

Son album avance vite. Pour se détendre, elle saute dans sa voiture et se lance à la découverte des charmants villages qui jalonnent ce territoire préservé. Elle l'a bien mérité ! Elle contemple les façades colorées, les jardins centenaires et le chemin de croix qui surplombe les environs. Elle s'installe au café de la place d'un de ces villages pour siroter une menthe à l'eau à la paille, en terrasse.

Et comme toujours, dans les moments de totale sérénité, son âme poétique s'évade vers son amour d'enfance, le séduisant Christophe, à qui elle avait juré fidélité pour la vie. Ils étaient heureux, jeunes, insouciants. Et aujourd'hui, que reste-t-il ? Une liberté fracassée.

Où sont passées leurs belles promesses ? D'un côté comme de l'autre, elles se sont envolées au fil des années pour ne rester qu'un pâle souvenir d'adolescence. Comme un amour d'été. Le blé en herbe.

Pourquoi la raison l'emporterait-elle ? Pourquoi ne pourrait-on pas vivre ses rêves ? Pourquoi nos désirs ne seraient-ils pas exaucés ? Tania se sent coupable. On est toujours responsable de sa vie. Il ne faut pas accuser les autres de ses propres échecs, que cela soit ses parents, son compagnon ou ses enfants.

Elle doit mettre un coup de pied dans la fourmilière. Il est temps. Elle est à la fleur de l'âge, la quarantaine pimpante. Elle ne s'est jamais sentie aussi bien dans sa tête et dans son corps. La fourmilière, c'est Dave et le couple brinquebalant qu'elle forme avec lui. Le destin va certainement décider pour elle. Tout doit s'imposer comme une évidence, sans qu'elle en vienne à une rupture brutale et traumatisante pour son mari.

Elle est imprégnée à nouveau de son intuition légendaire qu'elle compte bien écouter. Elle sait qu'il va se passer quelque chose de crucial dans sa vie. Au cours de ces années de « femme mariée », elle avait oublié ou mis de côté ce flair inné qui l'habite depuis toujours. Elle avait d'autres priorités. A présent, elle est bien décidée à suivre ce pressentiment mystérieux qui devra la guider vers un destin enchanteur. Il est temps, à la quarantaine bien sonnée. Après, il sera trop tard.

— On a tous une seconde chance, ne cesse-t-elle de marteler, pleine d'espoir.

Qui dit vie nouvelle, dit style nouveau. Elle doit apprendre à s'aimer. Depuis sa vie avec Dave, c'est-à-dire toute son existence de femme, elle ne se regarde pas dans la glace. Il faut changer illico ce mode de vie. Faire de chaque jour, le jour de Noël. Ce n'est en effet qu'à cette occasion, qu'elle se pomponne.

Noël a toujours été le jour des grandes décisions. C'est à Noël que Dave est venue la rejoindre la première fois. C'est à Noël qu'elle a conçu Greg. C'est à quelques jours de Noël qu'elle a quitté Dave pour se réfugier chez ses parents. Et même si elle a fait marche arrière pour retrouver un mari désespéré, cet épisode a marqué définitivement leur couple. Et que dire des Noëls avec Christophe où les deux familles se rejoignaient pour le fêter ensemble tant ces deux enfants puis ados étaient inséparables ?

Elle feuillette avec attention un magazine *Spécial Mode* acheté à la charmante épicerie de village qui vend tout, alimentation, journaux, cigarettes… L'adepte de listes qu'elle est, va se mettre en quête des indispensables pour avoir un look tendance, chic et sexy, oui sexy pourquoi pas ? Quel bonheur d'être loin du quotidien ! Elle peut réfléchir, se pencher sur le sens de sa vie et surtout sur ses rêves. S'aimer soi-même doit passer par aimer se regarder dans la glace. Avoir envie de plaire. De séduire. Le temps passe à toute allure. Il faut stopper ce rythme infernal et la fatalité qui s'abat sur elle.

Se révolter ! Voilà c'est ça ! Se lancer à corps perdu dans une quête du bonheur. Voilà son objectif ! Elle a toujours voulu tout mener de front sans se plaindre. « Never Complain - Never Explain » selon la devise de la Royauté Britannique. Sa mère lui a toujours enseigné d'obéir à son mari. « Ton mari, tu l'as voulu, tu le gardes. » C'est ainsi qu'elle lui avait conseillé de retourner chez elle quand elle était venue se réfugier dans la maison familiale, quelques jours avant Noël.

Pourquoi ne pas s'autoriser à avoir des faiblesses, des fragilités ? Elle compte bien déclencher une révolution, couper des têtes. Il est grand temps de penser à elle, d'être égoïste et d'arrêter de se consacrer aux autres.

Chacun pour soi ! Tel est son nouvel adage impitoyable. Ceux qui ne sont pas contents peuvent passer leur chemin. L'époque est cruelle avec l'âge. Les actrices sont considérées comme vieilles à 40 ans. Elle veut pouvoir se dire : « Si tout s'arrête aujourd'hui, je ne regrette rien. »

Il faut se dépêcher. Elle a pris du retard. Cette retraite dorée d'un mois, forcée et laborieuse, lui sert à faire le point. Elle ne s'y attendait pas. Serait-ce la crise de la quarantaine ? Un bouleversement existentiel ?

Elle griffonne sur un bout de papier les essentiels d'une garde-robe et d'un art de vivre.

TOP LISTE

1. De l'eau de rose. Pour nettoyer sa peau et combattre ses rides efficacement.
2. Une super brosse à cheveux. La sienne n'a plus de dents tellement elle a fait son temps.
3. Des babies noires vernies. Elle en a vu sur un top model et trouve ça très chic. Un look danseuse étoile qui ne pourra qu'ajouter à sa nouvelle élégance.

4. Un trench intemporel, long, beige, classique doublé du célèbre tartan, marque officielle de la monarchie britannique. De quoi en mettre plein la vue !
5. Un carré en soie aux coloris pop. En cas de pluie ou de soleil, elle jouera les Grace Kelly ou les Bridget Jones.
6. Un vélo électrique. Pour se montrer de toute sa hauteur et arborer un style écolo chic.
7. Un panier en osier. A elle, les emplettes et non plus les courses. Une femme chic n'est jamais chargée. Bannir caddies et gros sacs de supermarchés.
8. Un baume à lèvres gloss. Juste ce qu'il faut pour mettre en valeur ses lèvres. Le rouge à lèvres rouge et massif est trop clinquant et surtout trop vulgaire.
9. Un tee-shirt blanc, basique, tout ce qu'il y a de plus simple. A porter avec un jean, un blaser ou sous un tailleur smart.
10. Un sac classique rouge matelassé avec une chaîne en métal entrelacée de cuir. De quoi être vue en toute discrétion. Du luxe pas tapageur.
11. Un stylo plume, pas comme les autres, à piston. Un savoir-faire raffiné à charger lentement d'encre noire dans un encrier. De quoi forcer le respect quand elle dessine dans les bars, des maquettes ou des bribes de portraits.
12. Des carnets Moleskine pour utiliser son nouveau stylo plume stylé.
13. Du thé vert pour entretenir sa ligne sportive.
14. Un vernis rouge noir. La seule fois où elle a coloré ses ongles, c'était pour son mariage.
15. Un parfum fruité et léger qui entraîne tout sur son passage. Parmi toutes les publicités dont regorge le magazine, elle en retient un qu'il lui faut absolument. Il l'invite à partir en quête d'un destin empreint de liberté, à marcher dans son sillage. Il se vante d'être l'essence d'une femme libre et audacieuse. Un oriental féminin, sensuel, aérien ! Elle craque

sans hésitation pour lui. Elle n'a jamais acheté de parfum de sa vie. Dave n'aurait même pas l'idée de lui en offrir vu qu'elle n'en a jamais porté, hormis le parfum acheté sur le Ferry pour leur grand départ en Angleterre.

16. Des fringues sobres aux beaux tissus et aux coupes seyantes. Elle télécharge une appli de ventes en ligne et tape les mots clef à la recherche de la garde-robe idéale. Opter pour des marques sûres, un label à elles seules du bon goût. Ne pas prendre de risque ! Elle n'a plus le temps de se tromper. Après quelques offres de prix, elle engrange une panoplie de vêtements luxueux à petits prix.

Cette liste la résume. Elle se sentira bien, à coup sûr, dans ce nouveau style. Dave comprendra à demi-mot son désir de changement. Greg l'encouragera certainement dans cette transformation. Quoique, depuis sa rencontre avec sa copine, il ne se préoccupe plus trop de sa mère.

On la regardera passer dans la rue. Elle se sent déjà des ailes à cette idée.

Fini le look garçon manqué ou plutôt le laisser-aller. Avec cette myriade d'objets, sa transformation physique éclatera au grand jour. Hors de question de se dire que c'est trop cher. Désormais sa priorité, c'est elle.

Tous ces petits riens du quotidien vont lui booster le moral et lui redonneront à coup sûr le goût de vivre intensément.

— Penser à soi ! se répète-t-elle en boucle comme une méthode Coué.

Devenir frivole, égoïste, combattante et s'approprier ces trois qualificatifs comme un art de vivre.

LA MINI DE TANIA

4.

Nouveau départ

Tania pose son bagage dans l'entrée de son appartement. Personne à l'horizon. Appartement déserté comme si personne n'y vivait. Même les cannettes de bières, capsules, paquets de chips froissés, ne traînent pas sur la table du salon.

Dave a dû se sentir si seul qu'il a certainement squatté chez son copain, prof à la MJC, Paul. Ils sont comme des jumeaux tous les deux avec des parcours semblables.

Gallois (à ne pas confondre avec Anglais), il est passé de champion olympique au corps de Dieu Grec, à sans-emploi alcoolique. Ce laissé-pour-compte de la société a repris goût à la vie, le jour où il a tapé à la porte de la MJC. Dave l'a immédiatement recruté. Un tel pédigrée dans son Club, ça ne se rate pas ! A eux deux, ils font des émules car ils ont coaché nombre de champions. Evidemment, ils ont aussi bien l'un que l'autre, leur bâton de Maréchal. L'ambition est derrière eux. Mais leur petit train-train leur convient tout à fait. La vie est rythmée des permanences à la MJC, aux « soirées matchs » à deux à refaire le monde. En dehors des stages intensifs en période de vacances scolaires, les horaires ultra relaxants leur permettent de s'adonner à leur sport désormais préféré, le canapé. Cet art de vivre exaspère Tania. Un tue l'amour, confie-t-elle à sa coiffeuse, Géraldine.

En découvrant son intérieur bien rangé, Tania ne marque aucune inquiétude. Elle a fini de se faire du souci pour Dave. Et depuis qu'il a un salaire fixe, elle peut se consacrer tranquillement à son métier sans être obligée de faire des ménages ou autres petits boulots ingrats. De plus, aucune jalousie ne l'effleure, par indifférence ou tout simplement par confiance.

Elle ouvre la fermeture éclair de sa valise week-end et jette toutes ses affaires sur le lit. C'est sa manière d'être plus rapide dans cette entreprise rébarbative. Puis elle trie par catégories, vêtements propres, sales, accessoires à remettre dans les tiroirs, habits à disposer sur des cintres… Aussitôt entamé aussitôt terminé, le rangement est parfait.

Ce séjour aura été salutaire. Elle est rentrée revigorée comme une renaissance. A elle, la belle vie ! Elle sent planer autour d'elle un vent de liberté dans lequel elle va s'engouffrer.

*

On est à un mois de Noël, fête essentielle dans la famille depuis toujours. En dehors de la propreté de la maison, c'est Dave qui s'occupe de tout. Exceptionnellement !

C'est culturel chez lui. Il attend Noël plus que les vacances d'été et se déploie une énergie insoupçonnée chez ce paresseux chronique. Elle est donc sereine. Elle pourra mener à bien son programme « métamorphose, cool et sexy ».

Un petit mot trône sur la table en verre du salon. C'est son p'tit chou Greg qui signe avec un cœur, ce cher ange, malgré son âge et sa stature d'homme viril.

Elle lit à haute voix :
J'ai invité Gan-Gan à passer Noël à la maison. J'ai bien fait ?
Kiss Madré
Greg

Gan-Gan, c'est ainsi qu'il désigne depuis toujours, sa grand-mère, la mère de Tania. Pseudo piquée à la Reine Elizabeth II surnommée ainsi par enfants et petits-enfants et dégoté par Dave évidemment. La classe royale !

La sexagénaire est passée de veuve éplorée à célibataire exubérante, papillonnant d'aventure en aventure, s'habillant de manière excentrique et gloussant à la moindre occasion. Ce changement radical avait choqué Tania au début. Elle lui reprochait d'avoir mis à peine un an pour oublier et rayer de sa tête ce mari avec qui elle avait vécu 40 ans. Puis elle s'est rendue à l'évidence. Sa mère s'en sortait magnifiquement. Elle forçait même son respect devant un tel épanouissement et un tel revirement alors qu'elle broyait du noir.

Cette attitude servira de leçon à Tania. Elle n'attendra pas cet âge canonique pour se rebeller et s'affirmer. 40 ans c'est la fleur de l'âge. Tout est encore possible. Elle se sent jeune, jolie, pleine d'énergie.

Tania se demande comment sa mère déboulera chez eux ? En mini-jupe panthère ? Au bras d'un jeune tourtereau ?

Qu'importe ! Ils ont si peu de famille à eux deux que Gan Gan est un passage obligé à Noël. Peut-être Greg invitera-t-il Mini Tania ? De toute façon, ces fêtes se déroulent traditionnellement en famille. Il est peu probable qu'elle accepte s'il lui propose. D'ailleurs, seront-ils encore ensemble ? Ce bourreau des cœurs de Greg s'attache aussi vite qu'il se sépare. Tania ne compte plus les filles qui sont venues pleurer dans ses bras en la suppliant d'intervenir pour que Greg revienne.

Elle regarde l'heure. 11h30. Peu importe, elle meurt d'envie de boire une coupe de Champagne. Elle garde toujours une bouteille au frais, au cas où.

Debout, face au plan de travail de la cuisine ouverte sur son salon, elle ferme les yeux en dégustant sa boisson préférée, pétillante comme la nouvelle vie qu'elle va se mitonner. Le calme olympien règne dans cet appart' agréable, sans plus. Meublé chez Ikea, il est confortable et toujours bien rangé grâce à sa vitalité débordante et son goût de l'ordre. Mission ardue avec son mari foutraque.

Le partage des tâches à la maison se résume à des courses de temps en temps du côté de Dave. Pour le reste, ménage, cuisine, repassage… tout est attribué à Tania qui n'a jamais rechigné à ces missions depuis son union avec Dave. Alors pourquoi changer une situation qui fonctionne bien ? 20 ans après ? Eh bien ! Justement ! Elle a bien envie de se rebeller là, tout de suite. Bien que... Elle n'en est plus là… Démissionner, comme on le ferait pour un travail, c'est ça son envie.

Elle doit se donner du courage pour affronter le PDG des Editions Crestann, son nouvel employeur. Elle va lui remettre dès demain, en mains propres, son ouvrage, texte et planches. Sauvée par le gong, elle a terminé les dernières corrections hier. Il était temps ! La réservation de sa chambre se terminait ce matin. Elle s'est comparée aux candidats de *Top Chef* qui posent l'ultime touche de leur préparation à la dernière seconde.

— Ils me pressent un peu comme un citron, pense-t-elle.

Mais c'est de bonne guerre. Ils veulent la tester et surtout rentrer dans leurs fonds après avoir misé sur son talent comme on joue à la loterie.

Ils sont nombreux à être dessinateurs de BD alors pourquoi elle ? Elle l'ignore. Peut-être grâce à sa série qui remporte un beau succès et aussi à son coup de gueule avec les Editions Gatard, rivales ancestrales de leur société.

Crestann c'est plus qu'une société d'édition, c'est un groupe énorme avec de la Haute-Couture, une chaîne de télévision, du Champagne… Ils ont les reins solides. C'est d'autant plus impressionnant pour la timide Tania qui avait pris des aises dans sa petite société d'édition. Elle lui convenait bien pour son côté familial. Et eux, ne faisaient que ça, l'édition. Elle cherche les problèmes. Pourquoi avoir eu des états d'âme avec le nouveau dirigeant ? Elle n'a pas affaire à lui ou très peu de toute façon. Bref, c'est fait. Les regrets ne peuvent pas la faire revenir en arrière. C'est trop tard.

L'atout de son métier, c'est qu'elle travaille chez elle (même si un bureau est mis à sa disposition par son éditeur) et qu'elle édite ses BD quand elle veut.

Depuis que Greg est grand et qu'ils ont acquis une petite sérénité financière, elle produit davantage. Mais elle peine avec l'inspiration. Elle a besoin d'être sereine et heureuse pour créer. Et en ce moment, on ne peut pas dire qu'elle baigne dans le bonheur. Le fait de ne plus se battre pour joindre les deux bouts à la fin de chaque mois et d'avoir plus de temps, lui permet de réfléchir et de se tourner vers son moi profond. Autant de raisons de bloquer son imagination plutôt que de lui laisser libre cours. C'est aussi pourquoi elle veut stopper cette cadence morose qui l'empêche d'avancer. Tout lui interdit d'évoluer. Dave surtout. Ce pauvre Dave, qui lui fait de la peine. Il a bon fond. Si encore il était méchant ou qu'il la trompait, elle pourrait le haïr et le quitter. Mais au lieu de ça, il est gentil, attentionné et plus que fidèle malgré les regards aguicheurs des dragueuses sportives qui l'entourent.

Elle ne connaît même pas le nom du PDG de sa nouvelle Société d'Edition. Elle doit le demander à l'accueil. Son bureau se niche au dernier étage de la célèbre *Tour First.* Ils ont investi l'intégralité du 52ème étage de la Tour, située à la Défense et iconique avec ses 230 mètres de hauteur. Démesuré ! En plus, Tania a le vertige. La peur du vide est une véritable phobie chez elle. Elle prie pour que l'ascenseur ne soit pas transparent. C'est sa hantise dans les grands hôtels.

Ce Champagne l'a creusée. Elle entreprend son repas préféré, deux œufs sur le plat, dans une poêle parfaitement anti adhésive. Les œufs glissent dessus, même sans huile. Un régal !

En équilibre sur sa chaise bistrot à hauteur du plan de travail, elle allume la télé, zappe sur une chaîne info, et savoure ce moment privilégié en solitaire. Elle se sent sereine comme jamais. Libre et indépendante. Tout va bien ! Il ne lui manque que l'Amour avec un grand A ! Elle n'a pas beaucoup d'argent, vit au jour le jour sans jamais avoir pu épargner ni acheter le moindre bien. Mais ce manque d'argent ne lui pèse pas. Elle revient de loin, côté finances. Sa hantise était de devenir SDF, sans ressources, d'être obligée de faire la queue dans les associations humanitaires pour se nourrir. Elle y a échappé en faisant les pires boulots. Elle l'a méritée, cette tranquillité. Aujourd'hui, ce pain noir est derrière elle.

*

20h30

Elle sursaute dans son entreprise de relooking, placards grands ouverts, en vue de la rencontre de demain avec nouveau Boss ultra puissant.

La clef hésite dans la porte comme si elle n'était pas adaptée à ce verrou. Qui cela peut-il bien être ? Ça tambourine à la porte.

— Darling, ouvre-moi ! Je me suis trompé de clef. J'ai pris la clef de la cave.

Et de jurer en anglais. Pour lui, c'est préférable, ça fait moins mal élevé.

— Tu ne changeras jamais ! Tu es tête en l'air ! Heureusement que je suis là ! Tu aurais fait comment ? dit Tania en lui ouvrant.

— J'aurais dormi sur le paillasson… Tu sens bon Darling, lui répond Dave en l'embrassant dans le cou.

C'est tout lui ! Comment le sermonner ? Comment lui en vouloir ? Il n'a pas un brin de méchanceté ou d'agressivité. Elle l'a surpris la dernière fois cherchant sa clef dans les poubelles. Agenouillé, la tête au fond de la benne verte, il écartait tous les détritus pour la récupérer. Ce trait de caractère lui vaut le surnom de « Professeur Tournesol » dans son travail.

— Bon, tout est ok ? Tu as vu ? Il est nickel,

l'appartement !

— Oui je suis étonnée d'ailleurs. Dis-moi la vérité. Tu as dormi où ?

— Devine !

— Paul ! C'est si difficile que ça, de se débrouiller seul ?

Tania se demande comment il ferait, si elle l'abandonnait. Il se laisserait mourir de faim. Il squatterait chez un copain en colocation. Il est incapable de vivre sans elle. Par bonheur, l'idée n'effleure même pas l'esprit de Dave.

Elle verra bien. Elle se laissera porter par les événements. En tous les cas, elle ne veut pas de conflits, de larmes, de cris. Elle craint le pire au niveau des réactions de Dave. Et puis, il est gentil. Il lui laisse faire ce qu'elle veut, ne l'espionne pas, lui fait confiance à 100%. De quoi se plaint-elle ? Elle aurait pu tomber sur bien pire que lui. Et c'est comme ça depuis 20 ans, un pas en avant, trois pas en arrière.

— C'est quoi, toutes ces fringues ? Tu vas au bal ?

— Arrête de te moquer ! Tu sais que j'ai rendez-vous avec mon nouvel éditeur demain alors il faut que je ressemble à quelque chose.

— Quoi que tu mettes, tu seras toujours la plus belle ma Darling. Et ton séjour loin de moi, ça s'est bien passé ? Je ne t'ai pas trop manqué ! A part un texto pour me dire que tu étais bien arrivée, je n'ai pas eu beaucoup de nouvelles !

— Toi non plus, je te signale ! Tu aurais pu écrire ou appeler.

— Je voulais te laisser tranquille. Je suis habitué. Je sais que tu as besoin de tout oublier pour finir tes bouquins. Je respecte ! Qu'est-ce que tu crois !

— Oui ! Et tu en as profité pour te dorer la pilule et boire des bières avec ton pote. T'as rien de mieux à faire ? Réparer l'évier de la salle de bains, par exemple. Je te rappelle qu'il est bouché depuis des lustres. Bref ! N'épiloguons pas.

— Si ! Je m'en suis occupé, figure-toi. L'homme à tout faire de la MJC vient demain matin. Seul hic, il débarque à 7 heures, avant de prendre son service. Je lui ouvrirai. Tu pourras dormir.

— Ah ! Mais je serai réveillée. J'ai rendez-vous à 10 heures. Je veux y aller tranquillement et prendre un café avant, dans un bar.

— Je vois que tout est prêt… tes dessins, ton ordi, tes cahiers... Et ton tailleur… Mazette, un tailleur ! Je ne savais même pas que tu en avais un.

— Forcément ! Je ne le mets pas à la maison… Je le garde pour les grandes occasions. Jusque-là, je l'ai toujours porté dépareillé. L'ensemble faisait trop dadame à mon goût. Mais pour demain c'est LA tenue de circonstance.

Assis sur le canapé, collés serrés, ils partagent un plateau fromages/légumes devant la télé. On passe « Casablanca » leur film préféré. Il lui caresse de temps en temps la main. Elle a sorti un pain de campagne du congèle. Passé au four, il sent bon comme s'il sortait du fournil. Elle a toujours de l'idée pour rendre un intérieur cosy.

David vénère ces moments de partage à deux. Il plante l'opinel dans la tomme de Savoie en encensant leur fromager, ce cher homme toujours jovial.

— Les meilleurs fromages de Paris ! On a de la veine quand même d'habiter ce quartier, même si ça nous coûte chéro !

Ils sont bien tous les deux. C'est toute leur histoire. Elle l'aime bien. Voilà ! C'est ce qu'il convient de dire. Ils n'ont pas eu de relation intime depuis au moins trois mois. Elle n'en a pas envie et lui visiblement, n'en ressent pas le besoin. De toute façon, dès qu'il se montre entreprenant, surtout après un verre de trop, elle baille et se réfugie dans son coin atelier faisant mine d'être débordée.

Pour fêter son retour, Dave a ouvert une bouteille de Pommard.

— Avec ce bon Saint-Marcellin affiné, ça s'impose ! Allez, on trinque ?

Il a sorti du placard deux verres à vin, offerts pour leur mariage, qu'il ne sort que pour les grandes occasions. Ils sont gravés à leurs initiales, ce qui les rend encore plus précieux. Il sert solennellement Tania puis lui. Il fait tourner son verre dans tous les sens à la manière d'un œnologue.

— Tu t'y connais en vin, toi ? C'est nouveau ! s'esclaffe Tania, moqueuse.

— Le vin et le fromage sont à la gastronomie ce que Roméo et Juliette sont à la littérature. Ils sont faits l'un pour l'autre.

— Oh là là ! Mais tu me blases, là.

Ils vont se coucher vers 2 heures du matin, fourbus, après avoir descendu une deuxième bouteille de Pommard. Dave fait une tentative de séduction en courtisant sa femme avec une certaine lourdeur.

Elle lui tourne le dos, éteint la lumière et s'endort profondément.

C'était, malgré tout, une soirée très agréable.

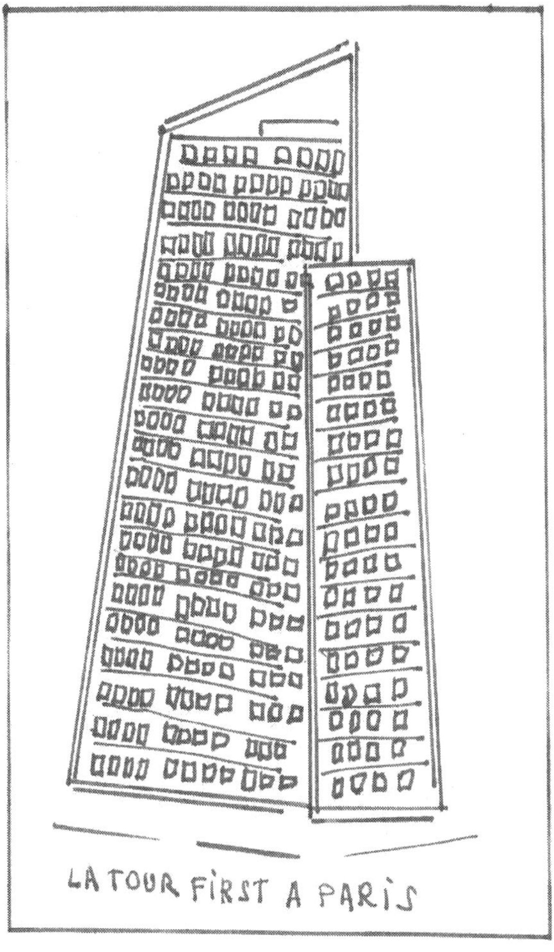
LA TOUR FIRST A PARIS

5.

Quand on aime, il faut partir.

Tania flâne dans les rues de Paris. Elle compte deux bonnes heures d'avance sur son rendez-vous, ce qui lui laisse le loisir de faire du lèche vitrines et même de boire un café. Elle aime prendre son temps dans les moments importants et s'accorde une marge non négligeable pour s'imprégner du sujet bien avant.

Sacoche en cuir damassé avec ordi, cahiers, stylos, crayons… planches dans un grand carton à dessin noir vernis, elle est confiante. Elle est rentrée satisfaite de son travail dans ce lieu sublime de Provence où elle a pu oublier toutes les contraintes du quotidien et se surpasser au niveau créatif.

Côté look, elle se sent déguisée mais jolie. Seul problème, elle doit baisser régulièrement sa jupe étroite pour qu'elle lui couvre les jambes. En tissu stretch, elle est tellement moulante qu'elle remonte sitôt après, découvrant ses cuisses fuselées d'athlète. Elle sent les regards se poser sur elle. C'est ce qu'elle avait visé mais maintenant qu'elle le vit, elle assume mal ce rôle de working girl sexy. Sa démarche serait plus assurée avec ses chères baskets blanches aux trois bandes noires, indémodables, hiver comme été. Elle se tord les pieds en marchant, peu habituée à porter des stilettos de 7 cm de hauteur. Elle a enfin sorti le cadeau de Greg à Noël dernier, ses escarpins cultissimes noirs à la semelle rouge. Chics et sobres. De toute façon, c'est la seule paire neuve et de circonstance qu'elle a dénichée dans son placard.

*

Après un filtrage musclé Vigipirate par l'agent de sécurité, elle pénètre dans un immense hall glacial de marbre clinquant qui lui rappelle l'aéroport de Dubaï. Elle se dirige, penaude, vers la banque d'accueil d'au moins dix mètres de long. Les quatre hôtesses et l'hôte en uniforme vert (aux couleurs des Editions) portent des badges avec leurs prénoms et des drapeaux indiquant leurs langues parlées. Ils sont espacés exactement de la même distance d'environ 2 mètres. Incroyable, une telle précision !

— Ça frôle la maniaquerie, se dit Tania.

Le Français devrait être parlé par tous puisqu'on est en France. Mais le problème du choix ne se pose pas. Le garçon l'interpelle, en décochant un sourire commercial. Elle s'approche de lui à pas réguliers.

— Bienvenue au Groupe Crestann, Madame !

— J'ai rendez-vous à 10 heures avec le PDG… Mais désolée, on ne m'a pas donné de nom.

— Monsieur le Président ne reçoit pas ce matin. Je vais vous annoncer auprès de son secrétaire général.

— Ah oui pas de problème ! Sinon, j'ai déjà rencontré le

directeur de com'… Albert… Euh… Albert quelque chose.

L'hôte sourit devant ses maladresses et ses approximations. Elle se sent carrément mal à l'aise dans cet univers coincé. Elle meurt d'envie de prendre ses jambes à son cou et de traîner dans la capitale encore endormie.

— Bon écoutez, c'est pas grave. Tenez ! Voilà ma carte. Ils n'ont qu'à me rappeler. Ne vous dérangez pas, supplie-t-elle en se dirigeant vers la sortie.

A ce moment-là, un individu, en noir intégral, costume et chemise, déboule tout droit vers elle.

— Bonjour. Vous me suivez ?

Et la voilà, déambulant derrière lui. Evidemment, ses craintes se révèlent exactes. L'ascenseur circulaire est transparent ! Elle se plaque contre la vitre et fixe l'individu, solennel à souhait, pour éviter de scruter le vide. Aussi vite que l'éclair, il arrive en clignotant gaiement, victorieux, au dernier et 52ème étage, au son d'une voix féminine et radiophonique.

Bienvenue au Groupe Crestann ! Vous êtes arrivés !

Elle ressasse dans sa tête embrumée, les consignes de sa copine, coach.

Comment présenter son entreprise en 60 secondes ? Méthode à appliquer à son CV de dessinatrice auteure de BD. Persuadée que la rencontre sera expéditive, elle s'est entraînée comme à un entretien d'embauche. Maintenant qu'elle n'a plus de société d'édition, elle a intérêt à faire le meilleur effet auprès de ce patron qui doit être débordé et pas commode.

En plus, avec ses perspectives de célibat, elle devra être autonome et ne plus compter sur le salaire de Dave. Un appartement à Paris coûte cher et hors de question de s'exiler dans un autre arrondissement. Elle n'aura pas les moyens à elle seule de payer le loyer de celui dans lequel ils vivent.

Dave non plus d'ailleurs. Ils seront dans l'obligation de déménager tous les deux. Devant ces perspectives, elle freine de deux pieds sur son intention de se séparer. Trop compliqué ! Et à son âge, elle n'a plus envie de se sacrifier. Les vaches maigres, elle s'est jurée que c'était terminé. Elle fera comme elle a dit. Elle attendra que la décision s'impose d'elle-même. Et puis Dave n'est pas encombrant. De quoi se plaint-elle ? Elle est libre de faire ce qu'elle veut et surtout de pratiquer son art, en toute sérénité.

L'idéal serait de sortir un énorme best-seller. Visiblement, c'est ce que visent ces nouvelles éditions qui misent sur elle comme sur un cheval de course. La commission négociée est plus basse que celle des Editions Gatard mais l'enjeu en vaut la peine. C'est eux les stars de la BD. En plus, ils multiplient les points de vente dans les villes de France. Ses livres bénéficieront donc d'une diffusion étendue.

Elle relit les conseils de la coach, sur le bloc-notes de son téléphone, comme une étudiante avant une épreuve du bac.

Fais preuve de simplicité, clarté et concision. Décris ton produit en quelques phrases convaincantes.

— Je vous fais patienter quelques minutes. On va venir vous chercher. Vous avez des journaux... Un café, pour patienter ?

— Oui je veux bien. Sans sucre, s'il vous plaît.

Elle se lève pour contempler le présentoir de livres, toutes des BD des Editions Crestann évidemment. Elle les prend à tour de rôle, les tourne dans tous les sens, de son œil de maître. Le sien sera peut-être niché prochainement au milieu de ces pépites.

Elle savoure son café, court, parfumé à la vanille. Elle lève régulièrement la tête vers la porte à double battant, derrière laquelle se trouve son interlocuteur, secrétaire du Big Boss. Il doit être aussi guindé, sinon plus, que ses collègues qui l'ont accueillie. De temps en temps, des femmes jeunes et belles, attifées comme des Top Models, passent devant elle, en lui lançant, affairées, un « Bonjour Madame » courtois mais qui n'attend aucune réponse. Elles rentrent les bras chargés de parapheurs et dossiers divers pour en ressortir l'air satisfait, probablement avec la signature tant attendue. Leur job est fait !

Elle ingurgite trois pastilles à la menthe pour une haleine fraîche garantie. Elle scrute l'heure sur son téléphone. Elle n'a jamais eu de montre depuis qu'elle a oublié la sienne, un vrai bijou en plus, dans une chambre d'hôtel. Et puis, elle n'est pas contrainte par des heures de travail. Elle dessine chez elle, c'est une liberté précieuse et irremplaçable. Quand elle voit l'ambiance impitoyable, ne supportant aucun écart, de ce genre de « grosse boîte », elle bénit le ciel d'avoir cette chance.

Elle est arrivée, il y a maintenant une heure, à dix heures pétantes. Sa coach l'avait prévenue :

— N'arrive surtout pas en avance et encore moins en retard !

Elle a donc sagement respecté les consignes de la pro des entretiens.

Il se moque d'elle ! Déjà que le Président lui fait faux bond, son sous-fifre pourrait respecter l'heure !

— Quand même ! marmonne-t-elle en se soulevant, prête à renoncer à ce rendez-vous tant attendu.

Elle se ravise et se rassoit. Elle n'a pas le choix. Elle se retrouverait sans éditeur ! Bon ! Patience et longueur de temps ! Elle s'installe sur le bord du fauteuil, trop profond pour sa tenue moulante.

Elle en profite pour publier des posts sur les réseaux sociaux. Ses dessins sur Instagram lui valent d'être suivie par

300 000 abonnés. Elle pourrait utiliser ce nombre vertigineux pour en vivre. Un influenceur gagne des millions d'Euros par mois. Mais elle ne s'est jamais penchée sur la question et son ancien éditeur n'avait pas de Community Manager.

Tout à coup, la double porte s'ouvre à moitié. L'homme au costume qui l'avait guidée vers le bureau, tient le loquet à la main et lui indique de rentrer.

Elle rassemble son matériel en se pressant pour ne pas le faire attendre. Il semble n'avoir pas que ça à faire. C'est le comble ! Elle s'attend à être reçue par le secrétaire.

— Finalement, Monsieur le Président a pu se libérer. Vous avez de la chance !

L'homme s'écarte et referme la porte derrière elle, la laissant seule dans la fosse aux ours. Elle découvre un bureau d'au moins 100 m2, plus grand que son appartement tout entier. Ses talons s'enfoncent dans la moquette épaisse et si blanche que peu de visiteurs doivent la fouler. Au fond, un bureau de Président de la République, sans doute d'un designer de renom. Derrière, un homme, tête baissée sur un dossier épais, se frotte la tête comme s'il se creusait les méninges sur un problème épineux.

Visiblement, il est si concentré qu'il n'a pas fait attention à l'arrivée de son rendez-vous. Et la moquette a rendu son entrée plus que silencieuse.

Elle reclaque la porte un peu bruyamment, pour l'alerter de sa présence. Aucun effet. De gêne, elle toussote légèrement. Il lève enfin la tête et lui décroche un sourire provocateur, sûr de l'effet qu'il aura sur elle.

Tania est saisie. Elle croit s'évanouir. Elle reste bouche bée. Coup de foudre. Deuxième coup de foudre en fait.

— Eh oui ! C'est moi !

— Mais… Comment… Pourquoi…

Après ces bredouillements inaudibles et décousus, elle réussit à faire une phrase complète, pétrifiée sur place, au milieu du bureau.

— Qu'est-ce que tu fais là ?

— Je suis chez moi. Je suis Président de cette petite affaire, dit-il, en laissant son siège imposant de cuir noir et en avançant dans sa direction.

— Mais… On ne m'a pas dit…

— Quand j'ai su que tu vivais à Paris et que tu écrivais des BD, j'ai cherché un moyen pour te joindre et te faire venir à moi. Je crois que j'ai réussi…

Elle demeure perplexe comme si elle se trouvait face à un fantôme. Il s'approche d'elle et lui plante un baiser sur la joue qui déclenche immédiatement des frissons dans tout son corps.

— Tu n'as pas changé… Si ! Tu as encore grandi. Tu étais déjà plus grande que moi à l'époque. Et là, avec des talons tu es impressionnante. Quelle allure ! ajoute-t-il en lui levant le bras pour l'observer de loin.

— Chris-tophe… Depuis le temps ! C'est incroyable ! Toi non plus, tu n'as pas changé. Et ce grain de beauté là, dit-elle en touchant son menton, je le reconnaîtrais partout.

— C'est gentil ! J'essaie de m'entretenir. Avec tous ces repas qu'on m'impose, c'est pas toujours évident.

— Si je m'étais attendue à te voir, moi qui tremblais de peur à l'idée de rencontrer une personne mega importante du CAC 40.

— JE SUIS une personne mega importante, ajoute-t-il avec le sourire. Mais pour toi, je suis et je resterai toujours le Christophe de notre enfance.

Il l'invite à s'asseoir sur le canapé du coin salon. Il s'installe tout près d'elle.

— Tu ne peux pas savoir ce que j'ai espéré ce moment. Je ne t'ai jamais oubliée. Je n'ai jamais oublié nos promesses d'ados. Tu te rappelles ce que je t'ai dit quand on s'est quittés ?

— Bien sûr ! répond-elle. J'ai encore cette phrase dans la tête. Elle m'a taraudée pendant des années. Tu m'as dit « Quand on aime, il faut partir. ».

— J'étais tellement triste ! Il fallait que je trouve une fatalité à notre séparation.

— Depuis, il en a coulé de l'eau sous les ponts.

— J'ai su que tu t'étais mariée avec un English. Tu as des enfants ?

— Oui un fils de 23 ans. Et toi ? Tu t'es marié avec Javotte… Pardon ! Je ne devrais pas dire ça.

— Oui, je sais qu'on l'appelait comme ça. Moi jamais, mais les autres oui. C'est une longue histoire. Tu déjeunes avec moi ? J'ai deux, trois trucs à terminer et je te retrouve à la Brasserie Valois 1968. C'est mon QG. Dis oui ! Je t'en prie !

— Et les épreuves de mon prochain livre ? Tu ne veux pas les voir ?

— Si ! Bien sûr, excuse-moi ! Je languissais tellement le moment de te revoir que je ne veux plus que tu m'échappes. Alors Tania, montre-moi ce que tu fais.

Elle sort ses planches du carton, les mains tremblantes. Elle veut l'impressionner. Il faut lui démontrer qu'elle a bien mené sa barque depuis leur séparation et qu'elle a réussi sa vie. Pas financièrement comme lui bien sûr, mais au niveau créatif. Elle lui explique à renfort de détails ce qu'elle a voulu créer dans son univers. Il est admiratif et ne tarit pas d'éloges devant chacune de ses œuvres.

— T'es géniale ! Qu'est-ce que je suis content ! Je vais te voir souvent puisque tu vas travailler pour mes satanées éditions. Si tu acceptes, bien sûr.

— Mais oui bien sûr, j'accepte. J'avais prévu d'accepter

avant. D'ailleurs, j'ai déjà signé un contrat avec ton directeur de com… Je n'ai plus le choix.

Elle passe la main dans ses cheveux et balance sa chevelure d'un côté à l'autre. C'est sa façon à elle de réfléchir.

— Tu faisais déjà ça quand tu étais petite. J'adorais ce geste.

Elle le regarde rêveuse et demeure méfiante. Quelles sont ses intentions ? Que cherche-t-il ? Il est marié et plus que marié. Elle aussi, même si elle se sent libre comme l'air…

— En y réfléchissant bien, je comprends un peu mieux les choses. Je me demandais pourquoi moi, petite dessinatrice, on venait me chasser et me faire un pont d'or. J'ai pensé un instant que c'était pour mon talent. Maintenant, je sais que ce n'était pas pour ça.

— C'est AUSSI pour ton talent. Tu sais, je ne peux pas faire n'importe quoi, même si je dirige cette boîte. Si tu n'étais pas douée, je ne pourrais pas te recruter. Disons que notre relation, ou plutôt notre passif, est un coup de pouce.

Elle raconte comment elle a eu l'idée de ses héroïnes, les 4 sœurs, à Copenhague, ce qui lui a servi de tremplin dans son métier. Imaginer un personnage qu'elle suit au cours des années, c'était son vœu le plus profond. Mais elle n'y parvenait pas. Devant le succès du premier, elle s'est attachée à ses personnages et les entraîne à chaque livre dans un nouveau pays et de nouvelles aventures.

— C'est une marque déposée maintenant, précise-t-elle fièrement.

Tania ne s'est jamais sentie aussi heureuse. Sa manière de la regarder. Ses sourires évocateurs. Tout l'étonne et la ravit comme si la vingtaine d'années ou plus qui s'était écoulée depuis leur dernier baiser s'était effacée d'un coup de baguette magique. Rien n'a changé. L'émotion est intacte.

Elle le voit avec ses yeux d'ado, naïfs et inconditionnels. Lui, la dévore de son regard ravageur, vif et pétillant, bleu marine comme l'azur. Elle se souvient que leur couleur s'assombrissait quand il était triste ou en colère comme le jour de son départ.

Sa chevelure d'Adonis noir jais, toujours aussi dense, est coiffée de la même manière mais un peu plus courte, ce qui lui donne l'air sérieux. Elle se souvient de son côté sauvage et de sa mèche qui lui tombait sur les yeux. Sa moue boudeuse, ses cheveux en bataille lui donnaient un air romantique qu'il a préservé. Ses mains aux doigts longs et fins de pianiste ont grandi certes mais sont toujours aussi gracieuses. Elle se remémore son corps presque nu, à l'allure longiligne, sur la plage, durant les vacances d'été. Sa silhouette est restée tout aussi harmonieuse, mince, légère. Ses gestes pourtant dérisoires, comme lui caresser la joue, la faisaient frissonner de tout son être.

Ces retrouvailles imprévues viennent ranimer ses souvenirs. Rien n'a changé dans leurs sentiments. L'émotion qui envahit Tania l'effraye. Elle tente de se ressaisir.

Christophe se souvient de tout, de chaque petit détail de leur adolescence à deux. Leur complicité reflue. La flamme se rallume en même temps que la mémoire. Combien de fois elle avait eu envie de le recontacter ? Mais elle renonçait toujours, croyant qu'il avait dû refaire sa vie et qu'il avait certainement mis de côté, leur amour idyllique.

Le portable de Christophe sonne.

— Oui… Oui… Faites-le entrer. Je vais le recevoir… Tania, je dois te laisser…

— Oui… Bien sûr, répond-elle, à nouveau impressionnée par son charisme. Je te laisse mes dessins… Je les avais amenés pour ce rendez-vous... Le texte tu l'as déjà, je l'avais envoyé par mail à ton directeur com'. On peut passer à l'impression...

— J'ai toujours adoré ta voix et ton débit à la Catherine Deneuve. On ne t'arrête pas quand tu commences...

Devant ce hors-sujet déconcertant, Tania pique un fard comme toujours, en cas de gêne. Elle détourne le visage, honteuse de cette réaction puérile qui la discréditera à ses yeux d'homme d'affaires invincible et téméraire. Comprenant à demi-mot ses pensées, il enchaîne adroitement :

— Il me tarde de voir le nom de mes éditions, associé au tien. Laisse-les là. Je vais les donner au maquettiste.

— Merci...

— On se retrouve à 14 heures pile à la Brasserie ? Tu y seras hein ? Tu me fais pas faux bond !

Elle passe sa langue sur ses lèvres.

— Ça aussi, tu le faisais déjà, quand tu étais petite. Je trouvais ça sexy ou plutôt désirable sans l'analyser de cette manière. Le désir d'un enfant ou plutôt d'un homme en herbe.

— Oui ! Promis ! Je me sens plus légère sans mon grand carton à dessins. 14 heures c'est bien. J'aurai le temps de faire quelques courses au Monop' comme ça.

De sa voix rauque et joyeuse, il lui dit au revoir. Il se penche vers elle et l'embrasse sur la joue, longuement, tendrement. Personne n'embrasse comme ça !

Comment fait-il pour la faire chavirer avec un mot, un geste, qui passeraient pour anodins avec n'importe quelle autre personne ? Elle se surprend à fermer les yeux. La magie a opéré dès le premier regard et continue de plus belle à la chambouler.

Elle a gardé le goût de ses lèvres, enfoui au fond d'elle. Ce sentiment irremplaçable lui a certainement gâché la vie en lui interdisant tout bonheur avec un autre. Personne ne pouvait lui faire atteindre ce sentiment de plénitude et de bonheur intense qui fait qu'on voudrait retenir le temps pour que ça ne s'arrête jamais.

Elle vit un conte de fées.

PARIS

6.

Un déjeuner de rêve

Après quelques courses indispensables, coton, savons et autres produits d'hygiène, Tania continue sa flânerie dans les rues de Paris en direction de la Brasserie. Qu'est-ce que c'est beau Paris ! Elle a troqué ses talons vertigineux pour des ballerines de danseuse et se félicite de les avoir mises dans son sac au dernier moment. Elle chantonne d'une voix angélique qui exprime cette joie inespérée, ce bonheur inattendu qui bouscule sa vie.

Peut-être que cette journée déclenchera ce qu'elle attendait. Peut-être que ces retrouvailles marqueront ce coup du destin qui devait l'inciter à décider à sa place, puisqu'elle n'en avait pas le courage.

En même temps, elle ne doit pas se bercer d'illusion. De son côté à lui, les choses ne sont peut-être pas si simples. Il a une position sociale à respecter. Il la voit certainement comme une amie d'enfance et non comme une amoureuse.

Profiter du moment présent sans gamberger ni se projeter sur l'avenir. Ce rendez-vous stressant s'est transformé en un moment surnaturel qui lui a donné des ailes. Et c'est déjà miraculeux.

— Alors c'est où cette Brasserie ? dit-elle à haute voix en cherchant sur le GPS de son portable tout en fronçant les sourcils.

Elle devrait porter des lunettes mais par coquetterie ou négligence, elle retarde le moment de consulter un ophtalmologiste. Elle ne se résout pas à la presbytie.

De la part d'un homme pressé comme lui, elle s'attend à ce que ce restaurant se situe pile en face de son bureau. Eh bien non ! Le 8ème arrondissement est à une petite trotte de la Tour First. Hors de question d'arriver en retard, il pourrait penser qu'elle ne vient pas. Cette opportunité ne se rate pas.

Elle saute dans un bus, moyen de transport préféré au Métro pour cette claustrophobe pathologique. Un lieu clos et souterrain peut lui causer une véritable crise de panique.

Elle s'installe sur un siège tout au fond et colle son nez à la vitre pour contempler les rues de la capitale qui s'agitent à présent à coups de klaxons et de passants affairés. Il fait chaud maintenant. Elle ignore si c'est l'émotion ou la température qui a fait monter de quelques degrés l'air ambiant. Elle retire sa veste et s'observe. Son tee-shirt blanc simplissime fera l'affaire.

Arrivée à destination, elle pose sa main contre un mur pour se déchausser et remettre ses talons aiguilles. Ouille ! Ses pieds ont doublé de volume. Mais elle n'échappe pas à cette attitude adaptée à la circonstance. Elle enfile sa veste qu'elle boutonne jusqu'en haut. Impeccable et sûre d'elle, elle pénètre dans l'établissement à la devanture orangée. Soulagée de ne pas se trouver dans un restaurant guindé, elle balaye son regard à la recherche de Christophe.

Les garçons de café, en chemises blanches et nœuds papillons noirs, l'accueillent dès le premier pas franchi. L'un d'entre eux s'approche d'elle, d'emblée.

— Bonjour Madame. Vous avez réservé ? Nous sommes complets, enchaîne-t-il sans attendre la réponse.

Pourquoi n'aurait-elle pas la tête de l'emploi ? Elle se met à douter d'elle. Dans ce lieu où les clients illustres se sont succédés, elle fera peut-être tache dans le paysage.

— Si… Si… je pense que la personne que j'attends, a réservé. Il est peut-être déjà là d'ailleurs, ajoute-t-elle en regardant sa montre.

14h10

Elle a dix minutes de retard. Il faut dire que le bus a renversé un vélo. Par bonheur, le jeune garçon qui le conduisait n'a pas été blessé. Mais le temps de faire le constat, le trajet a été retardé. Heureusement qu'elle avait pris de la marge comme à son habitude.

— Dites-moi… Quel est le nom de la personne ?

— Christophe… Christophe Baud…

Le garçon s'efface comme par magie et revient victorieux et condescendant.

— Monsieur Baud n'est pas encore arrivé. Mais sa table habituelle est le numéro 10. Je vous accompagne.

— Waouh ! Il a une place attitrée. La classe ! pense-t-elle impressionnée.

Des photos de stars de cinéma, de la chanson, de la littérature tapissent les murs, tout au long de la traversée du restaurant séculaire. Il bruisse des cliquetis des couverts et des conversations dans toutes les langues du monde. Ce brouhaha donne le tournis à Tania. Elle va se pincer et se réveiller de ce rêve incroyable. Romy Schneider, Cocteau,

Picasso, Truffaut, Godard… L'élite artistique a fréquenté ce lieu historique.

Leur tête à tête ne marquera certainement pas l'Histoire mais laissera une trace indélébile dans sa vie à elle.

Tania et le serveur arrivent enfin à une table isolée. Elle tient tout juste dans une sorte de boudoir, ouvert sur la salle principale. Nappe blanche, couverts en argent, petit bouquet de fleurs. L'horloge qui trône au-dessus du bar indique 14 heures 20. C'est peut-être lui qui ne viendra pas. Elle n'a pas pensé à lui laisser son numéro de portable.

— Madame veut prendre un verre pour patienter ?

— Heuh… Non merci… Ou plutôt si ! Un verre d'eau.

— Regardez… Il y a une carafe sur la table.

— Ah oui merci…

Quelle godiche, elle fait ! On dirait qu'elle n'a jamais été dans un restaurant. C'est le trac de partager un long moment en toute intimité avec lui qui la rend stupide.

Ce n'est rien de plus qu'une élégante cantine typiquement parisienne. Elle s'observe dans le miroir vieilli. Son maquillage, déjà léger au départ, s'est carrément effacé laissant place à son visage sans fards. Ce physique lui convient davantage. Et puis, Christophe la connaît si bien. Il ne doit pas s'attendre à déjeuner avec une poupée russe liftée à la bouche collagénée. C'est comme si elle mangeait avec un frère ou un cousin.

— Oui voilà ! Elle a rendez-vous avec quelqu'un de sa famille, se dit-elle, pour minimiser l'impact de ce rendez-vous.

Elle se déteste de vibrer de tout son être, d'avoir des papillons dans le ventre. Elle tient à dominer la situation. Si elle reste dans cet état, elle sera soumise à Christophe. Elle subira leur rencontre. Il n'en est pas question. Elle doit mettre cette attente à profit pour se contrôler et réduire l'importance de ce type qu'elle n'a pas vu depuis des lustres. C'est vrai quoi ! S'il avait voulu la retrouver depuis tout de temps, il lui aurait été facile de faire son enquête.

Premier indice, sa mère n'a pas changé de ville ni de numéro de téléphone depuis son fameux départ. Elle aurait pu l'aiguiller sur ses traces et n'y aurait vu aucun mal. Christophe était un peu son fils. Il était toujours fourré chez eux où il se sentait bien plus épanoui que dans sa maison à lui avec des bourgeois coincés toujours absents, en guise de parents. Leur priorité absolue, ce n'était pas le bonheur de leur fils. C'était sa réussite matérielle. Il devait être premier en tout, même en sports.

Chez les Baud, on ne supporte pas la médiocrité. En épousant Javotte, Christophe allait dans leur sens. Ce côté « fils à papa » discipliné décevait terriblement Tania. Elle lui en a toujours voulu de ne pas leur avoir tenu tête en refusant cet exode forcé. Ils auraient vécu ensemble jusqu'à l'Université. La vie aurait continué à être douce au lieu de cette rupture brutale. Il a fallu se sevrer progressivement. Elle ressentait, durant de longs mois, le manque de lui. Elle en avait mal au ventre.

— Ça me tord les boyaux, disait-elle à sa mère qui croyait naïvement qu'elle accumulait les indigestions.

Après des traitements infructueux et même des radios, un médecin, plus psychologue que les autres, lui a demandé si elle n'avait pas subi un traumatisme… une mort… une rupture… Le mot était lâché. Heureusement, il avait demandé à consulter Tania seule et non en présence de sa mère. Elle lui avait avoué le déchirement de sa séparation avec celui qu'elle considérait comme son double, comme une partie d'elle-même.

Honteuse, la jeune fille n'en avait pas soufflé mot à sa mère. Cependant, étrangement, le fait de connaître la cause de ses maux, l'avait complètement guérie.

Elle se délecte de l'ambiance de ce bistrot chic. Il a toujours eu bon goût. Dave l'entraîne plutôt dans des Pubs de quartiers où les clients éméchés chahutent. Quelle différence !

La banquette en cuir patiné a dû accueillir d'illustres personnages. André Malraux s'est peut-être assis à sa place avant elle. Son âme romanesque s'évade vers ces noms mythiques du cinéma ou de la peinture qui ont refait le monde dans cette brasserie aux odeurs délicieuses de cuisine mais aussi de bois ciré.

Pour patienter, elle sort son cahier Moleskine et son stylo plume. Elle griffonne des mots, lancés au feeling de ce vague à l'âme non nostalgique mais plein de promesses. L'écriture l'aide à réfléchir. C'est dans ses cahiers qu'elle dresse ses to-do-lists, indispensables au rythme de la journée. Elle dessine des esquisses des clients qui ne prêtent pas attention à ce qu'elle fait.

L'heure est grave. Elle sait qu'elle est en train de vivre une nouvelle page de son histoire après cette longue parenthèse d'un quart de siècle.

*

Tania, c'est la beauté au naturel. Elle incarne parfaitement le charme à la Française. Son air mutin cache une réserve viscérale, entretenue par une solitude quasi permanente.

Le garçon attaché à sa table revient régulièrement lui demander si elle veut commander. Il lui a amené du beurre salé et du bon pain de campagne qu'elle grignote machinalement. En plus, elle est affamée. Elle n'a pas coutume de déjeuner si tard. Elle mange peu mais à l'heure.

Si elle dépasse 14 heures, elle attend le dîner pour dévorer tout ce qui lui tombe sous la main. C'est d'ailleurs son moment préféré pour passer du temps à table. A midi, elle se contente de petites collations, tomates mozzarella ou œufs sur le plat. Le soir, c'est plus entrée et plat. Pas dessert car elle déteste le sucre. Aucun gâteau ne la fait craquer à part les religieuses, sa Madeleine de Proust à elle. Elle a encore le goût unique et crémeux de celles que lui achetait sa mère quand elles revenaient ensemble du marché, le mardi matin.

*

14h28

Christophe fait une entrée tonitruante dans la brasserie. Accompagné de « son » garçon de café, rassuré par cette arrivée, il s'excuse de son retard involontaire. Il se précipite à sa table, tire la chaise et s'installe, en retirant vivement sa serviette qu'il pose sur ses jambes.

— Ouf ! souffle-t-il.

— Ne t'en fais pas, le rassure Tania. J'étais bien ici. Il y a pire comme endroit pour attendre.

— Tu aurais dû commander quelque chose, au moins une entrée. Oh ! Là ! Là ! Il est tard. Mais tu sais, ce que j'aime ici c'est qu'on peut manger à toute heure, sans avoir de remarques désagréables. C'est le privilège des lieux cosmopolites qui se doivent de s'adapter à tous les décalages horaires. Voilà ! Je suis tout à toi.

Il est si gracieux ! Il dégage de toute sa personnalité, un charme fou. Comment a-t-elle fait pour oublier cette étincelle qui illumine son horizon par sa seule présence ? Elle ne pense à rien d'autre. A ses côtés, l'environnement s'évanouit dans un brouillard épais. Rien d'autre ne compte que lui, sa voix, son allure, ses caresses.

Pour l'instant, il n'a pas osé la toucher comme il le faisait avant. Du temps de leur amitié amoureuse, il se permettait tout sans qu'elle l'envoie sur les roses. Il en prenait donc à ses aises. Elle en faisait tout autant. Ils n'avaient de cesse de s'effleurer, se tâter, s'étreindre. Peut-être, craignaient-ils déjà de ne plus pouvoir le faire ? Elle le sait aujourd'hui. Leur amour fusionnel devait être visionnaire. Ils se sont rassasiés de leurs caresses craignant de ne plus pouvoir le faire. Ils parlaient, ils riaient de tout, de rien. Le silence ne les gênait pas, preuve de leur complicité profonde.

Pour démentir ses pensées, il approche sa main de son visage. Il hésite puis il caresse l'arête de son nez. Il se souvient sans doute de son opération et de ce changement qu'il redoutait tant, par peur d'un accident suite à l'anesthésie.

— Il vous reste du coq au vin ? lance-t-il au serveur venu prendre, enfin, la commande.

— Bien sûr, Monsieur !

— Que veux-tu Tania ? Tu ne dois pas aimer les plats en sauce, si mes souvenirs sont bons.

— Exact ! Tes souvenirs sont fidèles, répond Tania qui a, pour sa part, oublié ce genre de détails sur sa personnalité.

Elle consulte attentivement la carte de plusieurs pages, sans parvenir à se décider.

— Qu'est-ce que tu me conseilles ? J'ai faim ! lance-t-elle gaiement.

— Si vous me permettez d'intervenir, je conseillerais à Madame, le Chateaubriand au poivre et flambé au Cognac, notre spécialité.

— Adjugé ! répond-elle sans hésitation.

Christophe chuchote à l'oreille de Tania, comme un secret

inavouable :

— J'ai pris mon après-midi… C'est pour ça que je suis en retard. J'ai voulu traiter tous les dossiers urgents. J'espère que tu es disponible. On peut faire du shoping ou… ce que tu veux.

Deux gosses ! Ils ont 15 ans. Ils planent à cent lieues des réalités du quotidien. Seule leur importe la présence de l'autre, cet être aimé depuis tant d'années.

Tania est aux anges. Il arrive à illuminer sa vie par des réactions surprenantes. Il sait l'étonner, l'épater comme personne. C'est l'effet Christophe. Le temps ne l'a pas terni, bien au contraire. Elle peut mesurer l'impact de cette emprise, après toutes ces années passées loin de lui, sans vibration amoureuse.

Sa chemise blanche, entrouverte de deux ou trois boutons, dévoile cette poitrine imberbe qu'elle se plaisait à caresser. Aucun tabou ne freinait leurs émois sensuels. Leur innocence balayait toute interdiction. L'idée de faire quelque chose de mal ne leur effleurait même pas l'esprit.

— Un peu de vin ? lui demande-t-il.

Perdue dans ses souvenirs, elle sursaute.

— Pardon ?

— Du vin ? Tu veux du vin ? Rouge, blanc, rosé… Choisis.

— Une bière ! J'ai soif !

— Ah OK pourquoi pas. Une bière pour Madame et moi un verre de… de ce que vous voulez… un rouge…

— Un bon Bordeaux ? Comme d'habitude ?

— Oui parfait !

Le serveur s'éloigne enfin.

— C'est la commande la plus longue du siècle, pense-t-elle.

Moment irréel, ce déjeuner s'apprête à rentrer dans les

annales de l'existence de Tania à l'instar de la naissance de Greg ou des Noëls toujours joyeux qu'elle a vécus.

— Tu viens souvent ici ? En amoureux ? ajoute-t-elle pour le titiller.

— Oui… Je t'ai dit, c'est mon QG. J'habite à côté, en fait. Même si c'est loin de mon bureau, j'aime venir ici. J'oublie le stress du quotidien. Je donne mes rendez-vous importants. J'obtiens plus de choses de mes interlocuteurs devant un verre de rouge que dans un bureau. Donc pas en amoureux… Si c'est ce que tu veux savoir.

Timidement, elle baisse les yeux. Elle ne sait rien de sa vie. Important et charmant comme il est, il doit tromper Javotte à tire-larigot, à moins qu'elle n'ait changé. Elle était vraiment moche ! Une sorte d'Olive, la femme de Popeye. Prétentieuse en plus, voire détestable. Comment avait-il pu passer de Tania à cette peste vilaine et impopulaire ?

— Avec tout l'argent qu'elle a, elle s'est peut-être refait la façade, pense-t-elle.

— Tu es heureuse ? lui lance-t-il contre toute attente, en la fixant droit dans les yeux et en lui prenant la main.

Elle se laisse faire et plonge dans ses yeux marine.

— Tu es heureuse ? lui répète-t-il tendrement.

Elle imagine quel dilemme il doit vivre en posant cette question. Si elle est heureuse, il n'aura aucune chance de bouleverser sa vie. Si elle est malheureuse, il en sera profondément attristé.

Au moment d'ouvrir la bouche, Tania se décale pour accueillir le plat, enfin servi.

— Miam ! Ça a l'air trop bon. Bon appétit ! lui lance-t-elle, en voyant sa petite marmite arriver aussi, fumante.

Sauvée par le gong, Tania hésite à se livrer à lui. Elle devra bien réfléchir, tourner la langue sept fois dans sa bouche avant de raconter sa vie. Il s'agit de le faire parler en premier puis de rebondir. Elle joue une partie de tennis. Elle le laisse servir pour lui retourner la balle.

Le restaurant s'est vidé d'un coup, laissant la place à des badauds venus prendre un verre ou un café pour découvrir ce lieu historique comme on visite la Tour Eiffel. Ils pourront cocher, dans leur guide touristique, la case « Le Valois 1868 ».

Le téléphone de Tania vibre, annonçant un texto de Dave. Etrange, Dave ne lui écrit jamais sauf pour lui annoncer des choses importantes et il préfère appeler dans ce cas. Il n'est pas le roi des textos, comme elle se plaît à dire ironiquement. Elle fronce les sourcils pour le lire. L'ambiance cosy de cette table est assortie d'une pénombre qui invite à l'intimité mais pas à la lecture.

— Tu n'as pas pensé à acheter des lunettes ?

— Oui je devrais... Ne te moque pas. Et toi ? Tu arrives à lire sans lunettes ?

— Oui je suis une exception. Exceptionnel, je suis ! dit-il en riant.

Tania aimerait lui crier à tue-tête :

— Oui ! Tu es exceptionnel !

Mais elle n'en fait rien.

Tu ramèneras du pain.
Greg vient manger avec sa girl friend.

— Tu parles d'une info importante ! pense-t-elle, sans répondre à ce SMS.

Ce qu'il y a de bien chez Dave, c'est qu'il n'est pas jaloux. Il n'a pas un brin de malice. Elle lui a dit qu'elle avait rendez-vous à 10 heures. Il ne s'inquiète pas de savoir quand elle va rentrer. De toute façon, il passe directement de la MJC, à 18 heures, au Pub et ne rentre pas avant 20 heures au moins.

Elle non plus, n'est pas jalouse. Elle ne lui pose jamais de questions. Ils se laissent mutuellement cette petite liberté qui a sauvé leur couple finalement. S'il était jaloux en plus, elle l'aurait quitté, à coup sûr.

— Rien de grave, j'espère, demande Christophe protecteur et curieux.

— Non… Pas de problème. Et toi ? Personne ne t'attend en dehors de ton travail ?

— Non… Pas vraiment… Je n'ai habitué personne à des heures précises, comme ça, on m'embête pas. Et c'est très bien comme ça. Arrêtons de parler boulot, parlons d'amour !

— D'amour ?

— Oui. Tu es mariée ? Toujours mariée, je veux dire ? Célibataire ? Veuve ? Que sais-je ? Je sais que tu as un fils et que tu t'es mariée juste après notre séparation, mais pour le reste… Pas grand-chose.

Tania réfléchit. Comment répondre qu'elle est mariée, tout en lui faisant sentir que ça ne compte pas ? Parler d'autre chose. Changer de sujet, voilà la bonne attitude.

— Quand tu ne sais pas quoi répondre devant une question embarrassante, parle de la météo, lui suggérait sa mère qui avait du bon sens et du vécu bien que n'ayant jamais travaillé.

Elle a gardé cet adage bien ancré en elle. Il lui a été utile à de multiples occasions.

Le serveur, arrivant décidément toujours au bon moment, débarrasse les deux assiettes quasiment vides. C'est un vrai spectacle à lui seul. Il retire la deuxième assiette avec les couverts et la dépose sur le pouce, l'annulaire et l'auriculaire, le poignet protégé par un liteau. Il descend les couverts sur l'assiette du bas en les croisant, afin de laisser la place à d'éventuels déchets.

— On a presqu'envie d'applaudir devant un tel style ! proclame Tania, émoustillée par la bière et les deux verres de Bordeaux pris pour « goûter », selon les recommandations de Christophe.

— Un dessert ?

— Non merci… Je ne prends jamais de dessert. On sort ? On va se promener ? enchaîne-t-elle complètement désinhibée grâce à ce repas pantagruélique et bien arrosé.

Christophe se lève en jetant sa veste sur l'épaule. Il lui semble plus élancé que dans ses souvenirs. Forcément, il a dû grandir. Ils avaient 18 ans quand ils se sont quittés. Quant à elle, après une poussée spectaculaire à l'âge de 14 ans, elle avait déjà sa taille actuelle. On grandit jusqu'à 20 ans, au moins. Il doit mesurer un peu plus d'1m80. Cette taille ajoutée à son assurance lui donne une stature impressionnante.

Tania a réussi à dépasser le stade de la timidité. Peu à peu, elle retrouve leur complicité d'antan.

Sans sortir sa carte bancaire, Christophe bredouille quelques mots en catimini au serveur. D'ailleurs, celui-ci n'a même pas présenté la note. Il doit avoir un compte en tant que client fidèle et la société la règle une fois par mois sur facture. Les précédentes éditions de Tania lui accordaient des notes de frais durant ses déplacements, Salon de la BD, dédicaces… mais limitées. Lui, semble bénéficier d'un budget infini. Il a même commandé en guise d'amuse-bouche, du caviar. C'est la première fois que Tania en dégustait. Décidément, Christophe est associé pour Tania aux premières fois.

Premier baiser

Premier amour

Première relation

Première rupture
Et donc premier caviar

Une cuillère en nacre pour chacun a permis de ne pas casser les œufs et de préserver le goût. Tania s'est délectée de cette saveur inconnue qui n'a décidément rien à voir avec les œufs de lump. La boîte bleue avec son navire contenant le caviar était posée sur un lit de glace pilée.

— Waouh ! Je crois que c'est l'aliment le plus cher du monde. Aussi rare que la truffe noire. Bon ! Je déteste la truffe et je ne comprends pas cet engouement… Mais ça, c'est succulent. Merci ! Je suis gênée ! Tout ça pour moi…, a-t-elle dit.

Elle se rappelle leurs discussions éternelles sur l'herbe. Il sortait une pomme qu'il épluchait avec son couteau suisse. Puis il la coupait en quartiers et lui mettait dans sa bouche, des morceaux qu'elle savourait, comme si c'était le mets le plus précieux du monde. Aujourd'hui c'est caviar ! Les temps changent.

Il la prend par l'épaule et l'entraîne dehors. Il fait grand beau. La vie est belle ! Ils se tiennent la main comme deux amis qui ne se sont jamais quittés. Ils parlent fort. Ils rient d'un rien. Le monde leur appartient.

Sous le ciel de Paris
S'envole une chanson
Hum Hum

Elle est née d'aujourd'hui
Dans le cœur d'un garçon

Sous le ciel de Paris
Marchent des amoureux

Hum Hum
Leur bonheur se construit
Sur un air fait pour eux

Sous le pont de Bercy
Un philosophe assis
Deux musiciens quelques badauds
Puis les gens par milliers
Sous le ciel de Paris…

Christophe chante à qui veut l'entendre, le fameux hymne de Piaf. Cet hommage à Paris est aussi une déclaration d'amour à Tania. « Les amoureux qui marchent », c'est eux. Les passants sourient devant ce couple harmonieux qui célèbre le bonheur de ses retrouvailles. Doisneau aurait pu immortaliser leur périple aérien dans les rues bondées de la capitale, par un cliché en noir et blanc.

Ils arrivent à un parc immense. Seuls de très jeunes enfants jouent prudemment, sous le regard attentif de leurs mamans. Les autres doivent être à l'école en attendant les vacances de Noël. Ils déambulent gaiement dans ce jardin. Elle qui déteste les parcs, bénit cette idée géniale de Christophe. Ils pourront s'isoler, à l'abri des regards indiscrets. Ils se rafraîchissent les mains dans une fontaine dont le nom « Médicis » est gravé sur la pierre.

— C'est glacé ! s'esclaffe Tania, en les retirant de l'eau qui coule abondamment.

Ils traversent des serres avant d'atteindre une Statue de la Liberté. Ils s'émerveillent des vergers de fruits anciens et des ruches. L'Orangerie est un véritable havre de paix avec des bancs installés là pour les amoureux. Christophe les ignore et opte pour la pelouse. Il se dirige vers une forêt géométrique avec un grand bassin. Il s'installe contre un arbre, retire ses mocassins ultra brillants et l'invite à en faire autant.

L'impression d'être au bout du monde alors qu'ils sont à Paris. Il dégage de la magie dans tout ce qu'il fait. Il est comme ça ! Il ravit Tania, subjuguée par ses gestes, ses mots, ses envies.

Par contre, dès que Dave émet une idée, il déclenche chez elle un désaccord et un courroux inexpliqués. Elle s'agace, bondit, s'énerve.

— Deux salles, deux ambiances, s'amuse-t-elle à penser.

Tania déplore tout à coup son choix de vêtements. Le tailleur est tout, sauf adapté à de telles circonstances. Sa jupe, en s'asseyant, risque de remonter très haut. Elle se déchausse aussi.

— Quel dommage de ne pas pouvoir retirer mes collants ! déplore-t-telle.

— Tu peux ! Fais-le discrètement. Il n'y a personne !

Elle meurt d'envie d'avoir les jambes nues. Par ce bel été indien, elle pourrait savourer le bonheur de poser les pieds sur l'herbe verte et particulièrement bien entretenue par les jardiniers de la mairie. Par bonheur, elle a opté pour des bas auto-fixants, plus pour le côté pratique que sexy. Ils tiennent tout seuls et peuvent se retirer facilement. Elle s'exécute discrètement. La voyant faire, Christophe s'émerveille de ce choix qui le fait grimper aux rideaux.

— J'adore ! Déjà que tu as des jambes sublimes, ça les met trop bien en valeur. Très bon goût !

Tania pique un fard immédiatement tout en baissant obstinément sa jupe. Elle dispose ses jambes croisées sur le côté en toute pudeur.

Des gens jouent aux échecs, d'autres au tennis, au bridge ou au bateau télécommandé. Le temps s'arrête. Christophe va chercher des cornets de glace.

— Vanille chocolat ? Comme avant ? demande-t-il.

Cette archi connaissance de ses goûts et de ses habitudes

lui paraît très confortable. Elle peut juste profiter de l'instant présent. Si tout devait s'arrêter demain, elle se souviendra de cette journée comme d'une pierre à l'édifice de sa vie. Il sait rendre inoubliable chaque moment passé ensemble. Ils sont ancrés dans son cœur à tout jamais.

Un *Ice Cream Truck* décoré de dessins flashy a déclenché l'émeute chez le peu de public du jardin. Christophe se met en place dans la queue patiemment en se retournant régulièrement pour la contempler.

Il répond au téléphone et son visage attendri prend des allures sombres avec un rictus sur ses lèvres pulpeuses. Tania fronce les sourcils devant cette contrariété. Pour sa part, elle n'est pas encombrée d'appels, n'ayant aucun tissu social, ni amis, ni collègues de travail et famille réduite à 3 personnes (Dave, Greg et sa mère alias Gan Gan) peu adeptes du téléphone. Il raccroche vite, son tour étant arrivé. Il apporte royalement deux magnifiques cornets, jaunes et marrons. Il a les mêmes goûts qu'elle.

Discuter en même temps que manger une glace, par cette chaleur, occasionne des dégâts. De la crème dégouline sur le menton de Tania. De son doigt délicat, il essuie sa bouche. Elle frissonne.

Lorsqu'ils étaient jeunes, ils adoraient croiser leurs bras et sucer la glace de l'autre, en se dévorant du regard. Evidemment, Christophe ne l'a pas oublié. L'appel contrariant semble être effacé. Il veut se consacrer uniquement à elle. Il entreprend la mise en scène de leur adolescence. Il suce sa glace et elle la sienne.

Elle passe sa langue sur ses lèvres. Irrésistible manie à laquelle il ne saurait résister davantage ! Il pose ses lèvres sucrées sur sa bouche entrouverte. Leur baiser est long, intense, passionné. Il semble sortir d'outre-tombe comme un remake de leurs souvenirs d'antan. Elle avait essayé de retrouver ces sensations inouïes sans jamais y parvenir.

Ils en mouraient d'envie depuis leur face à face dans le bureau.

Il regarde sa montre.

— Il est 16 heures. Tu as encore un peu de temps ?

— Euh oui pourquoi ? répond-elle troublée par l'émotion de ce vertige de l'amour qui l'envahit toute entière.

— Viens… Je vais trouver une chambre. J'ai trop envie d'être contre toi. Et toi ? Tu es d'accord ?

N'attendant pas sa réponse, il traverse la rue en lui tirant le bras, tellement elle freine. Ils pénètrent dans un petit hôtel coquet, deux étoiles mais propre.

Une énorme clef de métal indique 7, le numéro de la chambre. Il la précipite sur le lit. Ils se jettent à corps perdus l'un sur l'autre. Entre douceur et force, il l'entraîne dans des paradis perdus. Encore habillés, ils s'enlacent. Ils se blottissent l'un contre l'autre.

Le cœur de Tania explose. Il dégage régulièrement ses longs cheveux pour libérer son corps aussi pur qu'au temps de leur adolescence.

*

La nuit est tombée lorsqu'ils sortent, pleins d'émotion, de ce moment volé, irréel, magique. Les illuminations éclairent l'avenue Montaigne pour célébrer les fêtes de Noël. Sapins de Noël scintillants, décor féerique et boutiques ouvertes très tard, l'ambiance est festive sur la très chic avenue.

— On en a plein les mirettes. Tu sais rendre ma vie magique. Comment ai-je fait pour passer autant d'années loin de toi ? hurle-t-il à la cantonade.

— C'est Noël aux Antilles, ma parole ! C'est incroyable qu'au mois de novembre, il fasse cette chaleur.

— Oui, tout est exceptionnel cette année, Tani.

— Tu n'as pas oublié le surnom que tu me donnais ?

— Non ! Tu plaisantes ? Comment aurais-je pu l'oublier ? Tu sais ce que j'ai fait hier soir avant de te revoir ?

— Hummm ! Non… Dis-moi !

— J'ai été au grenier. J'ai fouiné pendant des heures dans les cartons. J'ai retrouvé nos photos. Des photos imprimées sur du papier évidemment. J'en ai mis une dans mon portefeuille. Regarde…

Il sort de son cartable, une trousse de voyage élégante et fonctionnelle avec ses poches dont l'une d'entre elles abrite une photo en piètre état, déchirée et re-scotchée.

— Ouh là ! Quelqu'un s'est acharné sur cette pauvre photo !

— C'est Gina qui a toujours été verte de jalousie de toi. Un jour, elle m'a surpris en train de l'admirer. Je devais avoir un air nostalgique. Elle a piqué une vraie crise de nerfs, je te jure ! Elle a hurlé comme une hystérique. Elle m'a insulté. Elle m'a accusé de penser encore à toi.

— Et tu as répondu quoi ?

— Je n'ai pas nié. Je n'aurais pas pu. Pour calmer le jeu, j'ai juste dit que c'était du passé… Elle a arrêté ses hurlements. Mais du coup, j'ai remis cette photo avec les autres dans une malle de souvenirs avec une étiquette « Lyon 12-18 ans ». Elle n'a jamais osé y toucher. Mais si elle me surprenait à fouiner là-dedans, elle me tuerait !

— Je me souviens de cette photo. C'est le jour de notre premier baiser. Tu te rappelles ?

— Si je me souviens… On a écrit un mot, chacun, au dos.

Il retourne la photo et ils lisent ensemble dans un chœur parfait :

Lui : *Un baiser de toi c'est comme un rêve*

Elle : *Pourvu qu'il dure autant que notre vie*

Leurs deux initiales entremêlées dans un cœur ponctuent leurs messages.

— Tu es romantique pour un garçon ! Tes copains de

classe ne comprenaient pas pourquoi tu étais toujours fourré avec moi, au lieu de faire les 400 coups avec eux.

— C'est la maturité ! J'étais plus mûr qu'eux, voilà tout. Je n'avais aucun complexe à être avec toi. J'en étais fier ! De toute façon, je ne pouvais pas faire autrement. Dès qu'on se quittait, je voulais te revoir.

— Moi idem. Mes parents n'en pouvaient plus !

Ils se tiennent par la main comme s'ils ne voulaient plus jamais se séparer. Christophe, le premier, annonce qu'il va prendre un taxi.

— Je te dépose chez toi ?

— Non… Merci… C'est gentil… Je vais rentrer à pied. Je n'habite pas loin.

— Je ne veux pas que tu marches seule dans la nuit. Viens ! Ne dis pas non… C'est un ordre.

Ce taxi revêt des airs de carrosse transportant la Princesse et son Prince Charmant. Ils n'en finissent pas d'admirer les décorations de Noël. Elle sourit aux passants. Son amoureux a posé une main caressante sur sa jambe. Elle frissonne. Le chauffeur les observe avec un sourire en coin, dans le rétroviseur. Ils ont, comme toujours, l'impression d'être seuls au monde.

Il descend galamment lui ouvrir la portière. Il lui fait un baisemain façon Vieille France sans la quitter des yeux. Elle respire un grand coup, compose le code du portail en fer forgé et rentre chez elle en lui envoyant un long baiser avec sa main. Ils ont retrouvé leurs 15 ans.

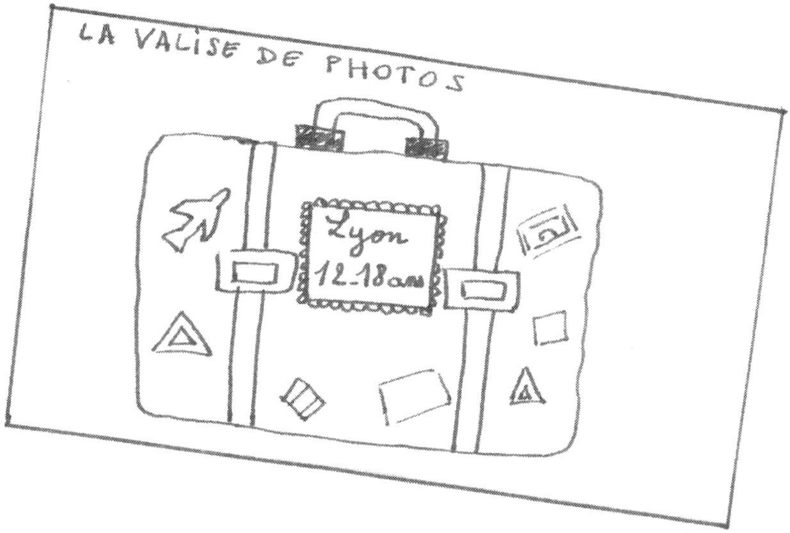
LA VALISE DE PHOTOS
Lyon
12-18 ans

7.

Retour à la réalité

Comment affronter Dave et faire comme si de rien n'était ? Elle n'osera jamais le regarder en face. Il se rendra compte qu'elle a changé. Ses joues restent rougies par la barbe de Christophe. Ses frottements répétés pour estomper cette allergie ne font qu'empirer les choses. Elle l'a trompé pour la première fois.

Tout lui paraîtra terne à présent. Avec Christophe, ils se sont quittés sans se donner rendez-vous, sans même échanger leurs numéros de téléphone. Elle en a bien eu l'idée mais n'a pas osé le proposer la première. Elle ne peut pas imaginer qu'il ait profité d'elle et qu'il retrouvera sa vie normale après cette journée aussi inattendue que sublime.

Elle s'en veut de tout mélanger. Elle regrette d'avoir quitté son ancien éditeur. La situation aurait été plus confortable. Dépendre de cet amoureux re-tombé du ciel n'envisage rien qui vaille. Elle n'a pas les moyens de perdre son emploi et de revenir à la case départ, c'est-à-dire sans société d'édition. Tous les à-côtés, dédicaces, conférences de presse, site internet… ne sont pas son fort. Elle préfère les déléguer à des professionnels.

Qu'importe ! Elle ne regrette rien. Comment faire autrement ? Et puis ce n'est pas comme si elle sautait dans les bras d'un inconnu, la première fois. Ils se sont rencontrés quand ils avaient 12 ans, se sont quittés à 18, en se jurant de s'aimer pour la vie. Ils se retrouvent enfin, 25 ans plus tard.

La porte claque. Dave entre, les bras chargés de fleurs somptueuses, des roses blanches, la fleur préférée de Tania. Ce n'est pourtant pas son genre. Qu'a-t-il à se faire pardonner ? Ou bien est-il visionnaire ? A-t-il deviné cette folle journée qu'a vécue sa tendre épouse, aussi fidèle et irréprochable que lui, durant toutes ces années. Il lui tend maladroitement le bouquet, avec un sourire gêné, de peur d'être pris en flagrant délit de romantisme.

— C'est pour ta super journée !

Tania frémit. L'a-t-il aperçue ? Ils n'ont pas été très discrets et se sont affichés sans état d'âme, ne pensant qu'à eux et à leur bonheur. Même si Paris est grand, un esprit mal intentionné a pu les surprendre et tout lui révéler.

— Que veux-tu dire ? répond Tania tout en s'affairant à mettre le bouquet dans un vase, sans oser le regarder.

— Ben ! C'est pas aujourd'hui que tu signais ton contrat avec ton nouveau Boss ?

— Ouf ! se dit Tania.

Et d'enchaîner :

— Le contrat je l'avais déjà signé. Je rencontrais les responsables.

Oui ! Voilà ! Le mot générique « responsables » convient. Ne pas donner de détail sur les noms, les fonctions… On ne sait jamais. Il pourrait se documenter après.

— Et alors… Tout s'est bien passé ? Je suis rentré à midi. J'étais impatient de savoir. Mais l'appartement était désert. J'ai pris un casse-croûte tout seul du coup.

— Oui… Oui… Je me suis baladée et j'ai grignoté en terrasse. T'as vu comme il faisait beau ? C'est vraiment l'été indien.

Toujours la même règle, parler du temps est un excellent moyen de se donner une contenance. Elle entonne la chanson de Mylène Farmer en mettant de l'ordre dans l'appartement. Reposer le coussin à la bonne place, les chaises parallèles l'une avec l'autre…

C'est une belle journée
Je vais me coucher
Une si belle journée
Qui s'achève
Donne l'envie d'aimer
Mais je vais me coucher
Mordre l'éternité
À dents pleines

— Eh ben dis-moi ! Je vois que ton rendez-vous t'a mise de bonne humeur ! Avant de te coucher, tu veux bien qu'on mange ?

— Oui ! Je suis affamée, lance Tania, en jetant talons et bas en l'air, pour enfin marcher pieds nus.

— Moi aussi j'ai une nouvelle importante à t'annoncer. J'espère que ça va te plaire… Pas sûr…

— Vas-y ! C'est quoi ?

— Greg veut inviter sa copine et ses parents pour le Réveillon de Noël.

— Mais il a déjà invité Gan-Gan…

— Oui, mais c'est autre chose… Pour une fois, on ne sera pas réduits à fêter Noël en petit comité. C'est sympa non ?

— Mais on ne les connaît pas ! Et sa copine, on l'a vue qu'une fois.

— On serait combien du coup ? résume Dave en comptant sur ses doigts à voix haute. Mini Tania et ses parents, ça fait 3. Greg, 4. Plus nous 6. Ta mère 7. 7 c'est un bon chiffre 7 ! Je m'occupe de tout, rassure-toi.

Tania n'a vraiment pas envie de cette ambiance familiale. Elle rêve d'autre chose, aujourd'hui. Elle a en tête ses regards, ses mots tendres et ne convoite rien d'autre que de le revoir. D'ailleurs le reverra-t-elle ?

La Gina doit être une vraie mégère. Vipère avant, vipère toujours. Elle doit surveiller son mari comme du lait sur le feu. Au moindre écart, il pourrait tout perdre. Visiblement, la fortune et sa société appartiennent à ses parents à elle. Il est pieds et mains liés à cette sorcière antipathique.

— Ce soir, on ne mange pas à table. Rien de mieux que de se détendre devant un délicieux plateau repas. Le tout, c'est de se donner la peine de le préparer un peu.

Pendant que Dave dresse avec application deux plateaux avion, elle s'empare de sa tablette et tape dans *Goggle* le nom de Christophe. Bingo ! En tête, une interview qu'il a accordée au journal « Le Monde ».

L'entreprise familiale de mon épouse a été fondée en 1909. J'en suis devenu quasiment le refondateur il y a vingt ans, quand ma fiancée m'a appelé au téléphone, me demandant de venir l'aider à diriger l'entreprise qu'elle venait de reprendre, après le décès subit de son grand-père, alors qu'elle avait 21 ans. Son père n'a jamais voulu s'impliquer dans le groupe tout en devenant le patron par héritage. Il leur fallait donc un directeur de confiance.

Tania avait donc raison. L'entreprise appartient bien à sa

femme ou plutôt à son beau-père. Il n'en est que le dirigeant et peut donc être licencié à la première occasion. C'est en lui proposant cette mission qu'elle l'a appâté. En fait, elle l'a acheté. Elle n'aurait jamais eu la carrure de diriger une telle société, de toute façon.

L'histoire ne dit pas s'ils sont parents. Elle a du mal à imaginer cette grande dadette enceinte et élever un enfant.

— Il doit bien y avoir des photos… Il n'a pas de compte Facebook, mais un profil LinkedIn à coup sûr que oui, marmonne-t-elle à l'affût de renseignements le concernant.

— Qu'est-ce que tu dis ? Tu googlises qui ? demande Dave.

— Personne…

Après plusieurs clics, elle tombe sur une photo, prise lors d'une remise de médaille avec sa femme… Elle zoome, ayant de la peine à reconnaître Gina.

— C'est pas elle ! C'est pas possible !

Ils apparaissent, main dans la main, sous l'objectif d'un photographe franco-britannique. Sur cette image en couleur, le couple se tient digne, elle élégante en tailleur griffé rouge, lui, souriant face à l'appareil photo. Vêtements luxueux, brushing apprêté, blond méché impeccable, Gina a tout d'une bourgeoise charmante. Son petit air de peste apparaît malgré tout, avec ce sourire vainqueur de celle qui manipule son monde.

Tania s'exprime avec sa chevelure. Elle a la manie de replacer ses cheveux de bébé pour dégager son visage. Ses lissages japonais faits tous les 6 mois n'évitent pas des petites pousses capillaires. Cette coupe naturelle est loin de la coiffure sophistiquée de Gina qui doit aller chez le coiffeur deux fois par semaine pour l'entretenir. Elles n'ont rien à voir l'une avec l'autre. Elles ont des personnalités diamétralement opposées.

Durant leur adolescence, Christophe ne voyait que Tania. 25 ans après, rien n'a changé. Elle a la sensation que, même si elle avait été vêtue de son jean fétiche, il l'aurait admirée du même regard langoureux. Un amour inconditionnel les lie. Elle en est bien consciente. Elle le voit toujours comme un ado. Le temps n'a pas eu de prise sur lui, si ce n'est au niveau de la taille.

— Il est… comment dire… céleste… vertigineux... parfait !

Dave a mitonné deux plateaux délicieux avec ce qu'il a trouvé dans le frigo. Tout un art que ne maîtrise pas Tania.

— On va se régaler, Darling.

Depuis qu'elle a revu Christophe, elle meurt de faim, certainement pour combler ce vide en elle. Ces petits papillons présagent un sentiment passionnel. Elle n'avait pas ressenti ce signe infaillible qui témoigne de l'état amoureux, depuis longtemps. Elle se tient le ventre pour calmer ces petits picotements qui l'envahissent et qui s'accompagnent d'une sensation de manque, presque obsessionnelle. Elle est amoureuse. Il n'y a aucun doute !

Tartines garnies, sandwiches thon mayo, toasts à l'avocat, pizza maison, brochettes de légumes, champignons farcis au fromage, salade sucrée-salée. Des plateaux colorés et magnifiquement présentés, aussi beaux à voir qu'à manger.

— Il faut monter un resto. C'est magnifique ! dit Tania en dévorant tout ce qui lui tombe sous la main.

— J'appelle ça un menu vitesse à savourer devant la télé ! répond joliment Dave.

Christophe doit avoir son numéro de portable, quoi qu'il en soit. Forcément ! Puisqu'elle fait partie de ses auteurs ! Ce sera donc à lui de faire le premier pas. Il a dû rentrer chez lui. Il doit vivre dans un hôtel particulier. Il lui a confié qu'il habitait tout près de la Brasserie Valois 1868 où ils ont déjeuné. Elle ne peut s'empêcher de penser à lui.

La nuit se déroule magnifiquement. Elle s'est couchée sur le canapé comme souvent. Elle préfère éviter la promiscuité avec son mari peu sexy. Elle trouve, en un éclair, le sommeil au milieu de nuages roses et d'oiseaux multicolores. Elle se réveille en sursaut dans la nuit et s'assoit d'un bond. Elle rêvait que la vilaine Gina lui arrachait les cheveux en la maudissant.

*

Matin mutin – Matin bonheur

Tania a rendez-vous chez son coiffeur. Elle feuillette tous les magazines, à la recherche d'une idée de relooking. Elle a une envie irrésistible de changement. Elle veut la même coupe que le top model qui trône à la Une du magazine « Elle ». Pour la première fois de sa vie, elle va se faire couper les cheveux courts. Son coiffeur n'en revient pas et lui demande de bien réfléchir.

— Il ne faut pas faire ça sur un coup de tête. Après, il vous faudra un certain temps pour les avoir longs.

Elle se fait chouchouter. Et pour cette occasion exceptionnelle, il pratique une mise en beauté personnalisée du visage, épilation, maquillage, massage…

Un texto miraculeux d'un numéro inconnu arrive en musique.

On peut se voir vers 15h ?

C.

C'est donc le numéro de Christophe. Il n'a pas écrit hier

soir, probablement pour ne pas l'importuner puisqu'elle est mariée. Peut-être aussi se protège-t-il ?

Il a peut-être l'habitude de tromper sa femme et passe de maîtresse en maîtresse. Il a peut-être deux téléphones comme les types volages. Il lui écrit peut-être sur celui réservé aux maîtresses. Le cerbère Gina doit veiller au grain sinon chômage ! Que de « peut-être » !!...

— C'est charmant, votre manière de battre des cils ! s'écrie le shampooineur efféminé qui a pris sa chevelure en main.

Elle se réveille de ses pensées et de ses « peut-être » qui la turlupinent. Elle est revenue sur sa décision de couper ses cheveux très courts. Elle a opté pour un lissage « nouvelle génération » et un mouvement « wavy » mis en valeur par quelques mèches miel. Le maquilleur lui a fait une ligne de cils XXL et noire de jais grâce à un mascara sensationnel. Cet amas lui fait battre des cils de façon singulière comme avec des faux cils.

Que répondre à son nouveau-ex-prétendant ? Elle réfléchit. Est-elle prête à se lancer dans une relation cachée ? Tania, la droite, honnête, fidèle, s'est toujours refusée aux mensonges, aux trahisons, aux non-dits. Comment résister cependant à cet amoureux éternel ? Il prend des risques lui aussi, peut-être plus qu'elle. Si elle n'aime plus Dave, elle le respecte. De toute façon, hors de question de rupture, à quelques semaines de Noël. Un tel acte égoïste briserait sa petite famille et décevrait Greg qui se réjouit de la réunion des deux familles.

Oui où ?

Elle s'en veut de ce manque d'imagination, elle l'auteure à succès. Ce texto succinct lui permet pourtant de ne pas dévoiler ses sentiments. Elle accepte mais sans mots d'impatience ou d'amour.

A l'Alhambra.
Ils passent le dernier film de Sophie Marceau « Christmas Day ».
Ensuite je t'emmènerai voir Christmas Montaigne
Par ici le programme...

Réponse tout aussi laconique :

OK

Il veut l'épater, comme lorsqu'ils avaient 15 ans. Il ne tarissait pas d'idée pour la surprendre. Il avait si peur qu'elle s'ennuie à passer ses journées avec lui qu'il innovait toujours.

Ils vénéraient aussi les silences, ces moments précieux où ils laissaient parler leurs cœurs sans un mot, juste à se sentir l'un près de l'autre.

Tania ne va jamais au cinéma. Elle considère que c'est du temps et surtout de l'argent perdus. En perpétuelle ébullition, tenir deux heures sans bouger et sans parler, dans le noir, est surhumain pour elle. Elle ne se déplace que pour les sorties annuelles du dernier film de son réalisateur préféré, Woody Allen.

Là, les données sont différentes. Deux heures dans le noir avec l'homme de sa vie, voilà une perspective enchanteresse. Elle a l'impression d'avoir 15 ans. « Une ado attardée » comme lui répète souvent Greg, ironique devant ses attitudes spontanées.

Elle sort, guillerette, du salon de coiffure, sous les « Waouh » unanimes des clientes et des coiffeurs. En plus, depuis hier, son teint a changé. Elle se sent rayonnante, dynamique, gaie. Elle fait un saut chez elle pour se changer et se faire deux œufs sur le plat. Il a bousculé sa vie en une seule journée. Il éclaire son horizon.

Une petite robe légère enfilée en deux temps trois mouvements rose poudré, un trench à ceinturer mais laissé ouvert, vue la température toujours estivale, des bottines à talons raisonnables… Tania se sent des ailes.

Elle enfourne son linge sale dans la machine à laver sans le trier. Economie oblige depuis ces nombreuses années de disette, elle utilise une astuce simple pour diminuer le temps de séchage. Elle met une serviette sèche dans le tambour avec le linge. La serviette absorbe l'humidité en trop et ses vêtements se retrouvent totalement secs.

Et hop ! Le tour est joué. Maquillée et coiffée par des pros, elle se sent renaître. Sa vie a été une parenthèse durant 20 ans.

Elle file à son rendez-vous le cœur léger. Pourtant Tania craint les lendemains qui ne chanteront pas forcément. Ces retrouvailles, en cachette des deux côtés, n’ont rien d’une première rencontre, ni de leur relation d’ados.

LE CINEMA L'ALHAMBRA
ALHAMBRA
Christmas Day

8.

Les illuminations de Noël

Tania rayonne de beauté. Eclatante, elle attire tous les regards. Peu coutumière de cette séduction, elle met cela sur le compte de sa nouvelle coiffure. Ce qu'elle ignore, c'est que l'amour la rend pétillante, désirable, attirante. Jusque-là, elle rasait les murs, en vieilles baskets et jean informe, un accoutrement aussi triste que ses sentiments. Elle marchait la tête baissée. Aujourd'hui, elle lève le menton fièrement. La vie s'illumine. Elle a l'impression que tout lui réussit désormais. Côté professionnel, sa nouvelle BD risque de faire un tabac. Côté sentimental, elle se sent belle dans les yeux de son amoureux.

14h45

Elle arrive avec un quart d'heure d'avance au rendez-vous fixé par Christophe. Elle fait un petit tour en attendant l'heure fixée, les nœuds dans le ventre. La queue augmente chaque seconde devant l'Alhambra pour la séance de 16h. Qu'importe ! Elle ne veut pas avoir l'air de la cruche qui n'a pas l'habitude de rendez-vous avec un homme. Etre légèrement en retard pour faire monter l'impatience est une excellente stratégie en matière de conquête amoureuse. L'inverse du rendez-vous professionnel où il faut arriver pile à l'heure, ni avant, ni après. Quand on est amoureux, on pardonne tout, même les retards de l'être aimé.

Elle revient devant le cinéma à 15 heures 10. Il patiente sans impatience en habits décontractés, jean et chemise blanche, avec une allure à tomber. Pile dans les goûts de Tania.

— L'amour est la plus belle chose, se dit-elle, le cœur battant.

Il n'a pas dû passer au bureau ou a peut-être fait un saut chez lui pour se changer. Il n'est pas en uniforme d'homme d'affaires.

Dès qu'il la voit, il se précipite vers elle. Son visage s'illumine. Il la prend dans ses bras, l'enlace et l'embrasse comme au premier jour, longtemps, profondément.

A ceux qui pensent que s'embrasser sur la bouche, « C'est un truc d'ado… », Tania et Christophe démontrent l'inverse. Ils vivent un nouveau départ. Ce long baiser marque les débuts de leur relation et symbolise leur jeunesse de cœur. La longue parenthèse de 25 ans semble dater d'hier.

Avec Dave, cela fait bien longtemps qu'il ne se « roulent pas des pelles » comme il dit. Au grand dam de Tania qui rêvait d'un amour intense et physique.

Avec Christophe, ces baisers enflammés lui donnent un nouvel élan. Tout ce qu'il fait, lui plaît.

— Crois-tu aux secondes chances ? lui demande Tania, la tête penchée sur son épaule.

— Oui ! J'y crois ! lui répond-il tendrement. Je crois en toi. Je crois en nous. Maintenant qu'on s'est retrouvés, je ne te lâcherai plus.

Il sent bon. Elle croit reconnaître le parfum *Eau sauvage*, ces effluves aux notes épicées, fraîches et boisées. Elles lui collent si bien à la personnalité.

— Tu portes *Eau Sauvage* ? demande-t-elle.

— Bingo ! Trop forte !

— Il te va bien ce parfum.

Elle le renifle comme un animal. Il se laisse faire avec délices.

— Tu vas pas me manger ? dit-il en riant de manière adorable.

— Si ! Justement ! Je vais te manger ! Tu sens trop bon. Même quand tu es stressé ou que tu cours, tu sens toujours bon. C'est dingue !

— Humm ! Toi aussi ma Tani, tu sens bon, dit-il en fleurant son cou pour deviner son parfum. Tu sens le frais, le naturel, les fruits…

— Je ne mets jamais de parfum ou des échantillons que je trouve dans les magazines. C'est mon gel douche naturel à la fraise et à la papaye qui sent cette odeur. J'adore, je ne m'en lasse pas.

— Vite ! On va être en retard au cinoche. J'ai déjà pris les places sur internet. On va éviter la queue comme ça, dit-il en l'entraînant par la main dans l'immense hall du cinéma.

Il achète des popcorns, l'incontournable compagnon des séances de cinéma. Un pot jaune donc salé pour Tania, et un rose pour le gourmand fan de sucré qu'il est, format maxi. Tous ces actes marquent une générosité que chérit Tania. Pour lui, chaque moment passé avec son amoureuse d'enfance doit être intense, à vivre pleinement.

Ils ont 15 ans ! Ils rient, et courent dans l'escalator comme deux gosses, faisant fi des autres. Ils optent pour deux sièges au fond de la salle, le long de l'allée. Ils seront tranquilles, à l'abri des regards et pourront s'échapper si le film ne leur plaît pas. Bon plan pour Tania qui ne tient pas en place ! La séance passe comme un éclair. Tania pose la tête sur son épaule. Il l'enlace. Elle se sent protégée par ses bras protecteurs. Ils ratent quelques scènes pour cause de baisers fougueux. Dans le noir, c'est encore meilleur.

*

En sortant de la salle, le soir commence à tomber. Il est 18 heures. Ils ont du pain sur la planche. Ils ont hâte de découvrir le « Christmas Montaigne ». Ils ne risquent pas de se perdre. Ils ne se lâchent pas la main. Tania a jeté presque l'intégralité de son pot de popcorns. Elle a picoré dans le sien, bien meilleur finalement. Et ainsi, ils avaient le même goût dans la bouche.

Tania s'extasie devant les boutiques luxueuses qui jalonnent l'avenue Montaigne, reliant les Champs-Elysées au pont de l'Alma.

— Cette avenue est réputée pour être l'une des artères les plus chics de la capitale ! lance Christophe victorieux.

Ils stoppent net devant un sapin de Noël géant, décoré de pierres précieuses. Ils s'embrassent devant puis se prennent en selfie, dos tourné au sapin.

— On va immortaliser l'instant, dit Christophe qui mitraille de ses bras interminables.

Ils observent le résultat et se déclarent très satisfaits de cette photo magique. Enlacés, tout sourire, avec le sapin illuminé et clinquant en toile de fond, dans la nuit parisienne, le cliché est rare.

Ils font des émules dans le public. Un couple n'ayant pas autant de talent que Christophe pour les selfies, leur demande de les prendre en photo.

Ils s'émerveillent de chaque chose. Ils s'embrassent devant les Sapins de Noël des Créateurs, sous l'œil réjoui des vendeurs des boutiques huppées de l'avenue.

Quel enchantement, ce Noël inédit et inattendu ! Elle n'a pas de pensée pour Dave. Tant pis pour lui ! Depuis le temps qu'elle l'alertait. Lui qui adore Noël serait profondément triste de voir sa *Darling* s'émerveiller devant les illuminations, au bras d'un autre.

Noël, avec cette chaleur inédite, est envoûtant. La ville entière s'éclaire de mille feux pour laisser place à la féérie. Les rues mais aussi les façades haussmanniennes s'illuminent pour le plaisir des touristes et des Parisiens. Christophe et Tania ne cessent de s'émerveiller par des *Waouh !* répétés, subjugués par l'effet magique de ces illuminations.

Christophe ne s'arrête pas en si bon chemin. Ils arrivent devant un cultissime hôtel et son chalet des gourmandises. Christophe craque pour une pomme d'amour comme à la Fête Foraine, laissant Tania indifférente, puis déguste avec elle, cette fois, le même cocktail.

— Viens ! Je t'emmène dans un endroit qui va te clouer !

Rendez-vous magique, les façades et les vitrines de Noël permettent aux maisons de mode, de rivaliser d'audace et de créativité. Les adresses mythiques se métamorphosent pour l'occasion, sous les yeux ébahis de Tania. Depuis le temps qu'elle vit à Paris, elle n'avait jamais eu l'occasion de se balader dans le rues, le soir tombant. Le jour, les illuminations n'ont que peu d'intérêt.

Sublimée de la signature de la maison, la façade d'une boutique de la rue Cambon fusionne héritage et féérie, le temps des fêtes de fin d'année. Elle s'illumine avec des symboles aussi planétaires que le camélia ou le flacon d'un parfum.

Clou de la balade, ils arrivent devant la joaillerie de la marque. De charmantes hôtesses en noir et blanc les invitent à s'évader avec *la Fabrique à Vœux*. Tania tourne avec énergie une grande roue avec de somptueux bijoux en photos. Les numéros gagnants s'illuminent de mille feux si le participant a gagné. Hélas ! Un bruit de désolation indique qu'elle a perdu. Les probabilités doivent être réduites pour gagner des lots aussi prestigieux et aussi onéreux.

— Heureux en amour, malheureux aux jeux !

— Je préfère ça, à choisir ! s'écrie Tania, guillerette, heureuse de sa malchance.

Cerise sur le sapin, Christophe n'y tenant plus, lui tend une véritable embuscade. Il l'entraîne dans une cour intérieure qui revêt des airs de traboules lyonnaises, chères à leurs cœurs. Le passage, aménagé entre deux rues à travers des cours d'immeubles, s'avère un magnifique refuge pour se poser. Christophe la plaque contre le mur et lui prononce des paroles exquises, des promesses d'éternité, des envies de toujours. Ils s'embrassent passionnément. A leur grande surprise, ils se réveillent de leur torpeur amoureuse par les applaudissements de quelques habitants à la fenêtre, à l'affût d'une attraction, dans ce lieu peu fréquenté. Tania cache son visage, rouge de honte. Christophe remercie les spectateurs par des révérences malicieuses.

Cette après-midi de rêve doit se terminer, hélas ! Dave s'impatiente en envoyant des textos répétés. Il a descendu la grande malle de Noël du grenier et compte bien entamer la décoration de leur sapin, ce soir. Elle y met toujours sa patte d'artiste, alors il tient à sa présence.

Tania quitte son amoureux après de courts baisers répétés. Elle se retourne au coin de la rue. Il est resté figé en la regardant s'éloigner. Elle se ravise, revient en arrière et se précipite dans ses bras. Il la soulève et la fait tournoyer comme une danseuse étoile de l'Opéra.

Elle finit par le laisser, à son grand désespoir. Juste avant de ne plus l'apercevoir, il lui lance le mot tant attendu :
— Je t'aime !

Après toutes les louanges de cette journée fantastique, comment supporter le retour à la maison ?

EAU
SAUVAGE

9.

La sacro-sainte décoration du Sapin de Noël

Tania rayonne de beauté comme jamais. L'amour la sublime. Eclatante, elle a troqué tailleur et talons pour short, tee-shirt et grosses chaussettes de laine. Une tenue confort adaptée à l'opération du jour : la fameuse décoration du Sapin de Noël. Dave a créé un univers propice, en balançant sur son enceinte performante, des chants de Noël. De quoi s'imprégner de l'esprit de Noël.

Tania n'a jamais été aussi heureuse de fêter Noël. Greg est surexcité de passer le réveillon avec la famille de sa jeune fiancée. La bonne humeur règne dans toute la maisonnée.

— J'espère que ça ne t'ennuie pas. J'ai dit à mon pote de la MJC, Paul, de dormir chez nous, ce soir. Sa nana vient de le plaquer, t'imagines ?

Tania se retourne, agacée. Le fameux copain abandonné est déjà là, avachi sur le canapé, d'un air désespéré. Alors pourquoi lui demander son avis ? C'est tout Dave, ça ! La mettre devant le fait accompli. Elle déteste cette façon méprisante de la traiter. Christophe n'aurait jamais cette attitude ! Elle ne peut pas s'empêcher maintenant de comparer leurs deux personnalités. Le tableau des « pour Christophe » écrase évidemment celui des « pour Dave » dont les « contre » s'accumulent.

Tania dresse des listes en toutes occasions. Cette méthode draconienne l'aide à prendre des décisions dans tous les domaines, courses, vêtements, boulot…. Elle peut ainsi peser le « pour » et le « contre » et opter pour le meilleur choix.

*

Tania est nostalgique. Elle aimerait tellement passer Noël avec Christophe. Il lui a proposé de fêter Noël tous les deux ensemble le 5 janvier.

— C'est gentil mais ce n'est pas comme de le fêter le Jour J.

— Comment faire autrement ? Tu serais prête à renoncer à une soirée familiale ? Moi je veux bien essayer de me libérer. On doit aller chez mes beaux-parents que j'ai du mal à supporter. Ils vont encore me parler boulot. Il n'y a qu'une seule chose qui les intéresse, le chiffre d'affaires. Forcément s'il augmente, ça les enrichit sans rien faire. Ils sont richissimes et ne pensent qu'au fric. On se demande ce qu'ils veulent en faire. En plus, ils ont peur de l'avion alors ils ne voyagent même pas.

Tania a écouté attentivement cette description et ces portraits de gens antinomiques avec tout ce qu'elle a pu connaître dans sa vie : des gens simples, des fins de mois compliquées, des passionnés de sport ou de l'art… mais pas des milliardaires bourrés de fric et dénués de passions.

— Pourquoi cet air triste ? lui avait-il demandé.

Les yeux bleus gris de Tania lui donnent certes un air sombre, mais c'était vrai qu'elle gambergeait. Elle se demandait si leurs deux mondes radicalement opposés pouvaient faire bon ménage. Son univers à elle est à cent lieues du sien.

Et pourtant, chaque moment partagé à deux est inoubliable. Comment fait-il pour rendre le moindre instant fantastique ? Voyant sa tristesse, il s'est mis en quatre pour lui rendre le sourire.

— Il te faut une robe à la hauteur de ta beauté. Tu permets que je t'en offre une ?

Et les voilà, arpentant les magasins à la recherche de la robe idéale. Elle s'est arrêtée dans une boutique italienne au slogan accrocheur : *Vive le glamour flamboyant* !

Elle a joué à *Pretty Woman* en essayant successivement des tenues différentes, suscitant les « Oh », les « Ah », les « Waouh » d'admiration de son amoureux toujours enthousiaste quoi qu'elle porte. C'est ça l'amour inconditionnel !

Dave ne fait jamais de shopping avec elle. Quand ils sortent ensemble, il l'attend dans un bar dès qu'elle pénètre dans un magasin. Il ne s'en plaint pas mais il ne partage pas ces moments légers aussi intensément que Christophe.

Un bon quart d'heure plus tard, elle est sortie avec une tenue de rêve, au tissu somptueux.

— Elle va drôlement bien avec ta magnifique chevelure !

Ses cheveux blonds tirent sur le roux, ce qui leur donne un aspect blond vénitien.

Christophe voulait être assorti à sa belle. Il s'est dirigé vers le rayon « hommes » de la marque et a craqué pour un pantalon bleu électrique à l'étoffe similaire à la robe de Tania. Il l'a entraînée dans la cabine d'essayage. Partager une cabine avec son homme, elle n'aurait jamais osé avant. Lui si ! Tout est permis pour lui.

Ils en sont sortis ensemble, terriblement bien coordonnés, avec une allure haute en couleur. Les clients étaient abasourdis devant l'harmonie de ce couple qui crache.

Cette nouvelle et splendide tenue de Noël a ajouté au bonheur de Tania.

Ils ont arrosé ces achats somptueux avec un apéro au Café de Paris, un lieu unique et cosy. Ils ont siroté un verre en partageant une planche mixte, fromage, légumes. Ils se sont installés dans la verrière, chauffée en hiver et propice à la pratique de leur sport préféré : observer les passants et faire des commentaires sur chacun. Tania excelle dans le genre. Elle leur invente des histoires juste à partir de leur look.

— Quel talent tu as ! Et surtout quelle imagination ! C'est vrai que c'est possible qu'elle ait cette vie-là, cette nana… Et lui, le type qui ressemble à Clooney… Tu en penses quoi ? Marié ? Fidèle ? Infidèle ?

— Infidèle oui ! Il le porte sur son visage !

Christophe l'a alors observée gravement. Il lui a pris la main, tremblant de la révélation qu'il se devait de lui faire. Il lui a avoué qu'il n'avait pas du tout été fidèle, au cours de ces années. Etrangement, Tania ne s'est pas montrée choquée le moins du monde. Elle aurait pu analyser que son amoureux d'enfance était devenu un beau salaud. S'il trompait sa femme, il la tromperait, elle aussi. Pas du tout ! Cet aveu l'a rassurée. Il était la preuve qu'il n'aimait pas sa femme tout simplement.

*

— Il faut vous surpasser, les parents ! Je veux le plus beau Sapin de Noël qu'on n'ait jamais vu, s'écrit Greg pour les défier.

— Et des décors dans tout l'appartement ! renchérit Dave.

Cette année, il ne se contente pas d'un Sapin de Noël vertigineux. Immeuble haussmannien oblige, la hauteur sous plafond est de 4 mètres, taille du sapin. L'énorme étoile scintillante touche les poutres, c'est tout dire. Tout l'appartement sera décoré. Il s'active. Guirlandes de lumière, objets de bois chinés tout au long de l'année, vitres peintes à la main, objets suspendus…

Trains électriques, peluches, sont posés au sol, ce qui fait trépigner Tania. Chez eux, on ne compte pas un seul Calendrier de l'Avent mais trois, quatre, cinq… de toutes sortes, avec des chocolats, des parfums, des goodies de toutes sortes.

— Tu exagères ! On ne peut même plus marcher dans cet appartement. C'est déjà pas très grand chez nous. Et puis, c'est un nid à poussière tous ces objets par terre !

Dave ne prête pas la moindre attention à ces jérémiades coutumières. Il sait qu'elle rouspète pour la forme.

Il teste une télécommande. L'idée de cette année est de programmer l'illumination de tout l'appartement à minuit pile.

— Notre Noël sera exceptionnel ! déclare-t-il à la ronde, avec exaltation.

— Tu dis ça tous les ans, rétorque Tania, légèrement blasée. Tu ferais mieux de garder l'argent pour autre chose et pour épargner. A notre âge, on n'a pas un sou de côté.

Une année, elle a stocké les tickets de caisse correspondant aux achats de Noël, décoration, repas, vêtements. Sur 6 mois, elle est arrivée à la somme astronomique de 1500 Euros. Elle s'était offusquée. Dave avait promis de faire attention à l'avenir mais il ne peut pas s'empêcher de marquer le coup pour ce qu'il considère essentiel.

Il recommence tous les mois de Décembre, le même chantier. Car c'est un véritable chantier de Noël. Tania se félicite de ne pas avoir une maison avec des extérieurs car le budget exploserait.

Pour la période la plus féérique de l'année, Dave ne lésine pas. Chaque fois, il s'enquiert de nouveaux objets. Hors de questions de faire la même décoration de Noël en Noël.

Il garde l'album photos de leurs Noëls successifs qu'ils feuillettent souvent en famille. Les couleurs changent, blanc, doré, argenté, rose, rouge, vert… Les inspirations de Dave varient selon son humeur et le thème choisi. Evidemment, certains objets demeurent mais le changement de couleur est l'occasion de passer des mois à chercher de nouveaux décors. Ce choix se prend 6 mois au moins avant le Grand Jour, ce qui fait que l'investissement de Dave autour de Noël dure quasiment toute l'année.

Les images de chaque Noël sont ainsi toutes distinctes. Résidences et villes successives mais aussi nouveaux ornements en font tous, des Noëls exceptionnels.

Ces Noëls thématisés ont toujours amené une bouffée d'air pur et de bonheur pour tous les trois. Greg a continuellement baigné dans cette atmosphère festive et a hâte de transmettre l'esprit de Noël à sa petite chérie. Petit, il avait même droit aux mascottes de ses personnages préférés, Mickey, Minnie et ses amis, qui venaient passer une heure avec lui. Evidemment, le Père Noël en personne remplissait les grandes chaussettes tricotées et garnissait le pied du sapin, de cadeaux.

Dès l'été passé, tous les trois se mettent en quête de tenues de fête pour être les plus beaux sur les photos.

Pourtant, dans la tête Tania, ce Noël ne sera pas comme les autres. Elle affiche une certaine distance, palpable par Dave qui en est consterné. Elle se justifie en prétextant qu'elle est préoccupée par les exigences de son nouvel éditeur.

Les dîners successifs sont exclusifs. De vrais repas de Chefs 3 étoiles, des recettes et des saveurs inédites et originales. Un régal pour le gourmand Dave et son fiston. Il appelle ces dîners, ses « Réveillons enchantés du Chef ». Le Chef, c'est lui évidemment.

Ces réveillons valent pour le 24 mais aussi le 31 décembre. Le lendemain matin, plutôt que de manger les restes comme dans toutes les familles, il opte pour un brunch à partir de 14h, le 25 décembre et le 1er janvier.

— Il faut régaler tous les sens, explique-t-il.

Les papilles de la petite famille y sont à la fête avec les goûts de chacun. De la classique dinde aux marrons à la bûche de Noël, la tradition est souvent respectée. Mais parfois, il bouscule ce programme en revisitant les classiques de la gastronomie française. Ils ont même eu droit, il y a trois ans, à un menu vegan, en harmonie avec la vague écolo. Il avait préparé amoureusement un parmentier céleri, châtaignes, champignons. De la purée au lait de soja avec un hachis aux champignons et aux châtaignes venait compléter ce festin. Un vrai délice ! Ils en parlent encore tant il était savoureux et unique !

En apéro, il rivalise d'idée par ses cocktails maison avec ou sans alcool, à base de cannelle ou autres épices de Noël.

Il commence déjà à laisser traîner un peu partout des gourmandises sucrées, pains d'épices, cookies chocolat banane, brownies…

L'appartement se remplit des odeurs délicieuses de ces gâteaux de Noël. Ces superbes douceurs sont réellement tentantes même pour Tania qui ne résiste pas à croquer dans ces biscuits fondants.

La Magie de Noël brille plus fort que nulle part ailleurs chez les Cooper.

*

Paul, l'invité de Dave, toujours affalé sur le canapé, réclame son repas.

— C'est bien beau tout ça, mais on mange quoi ?

— Je rêve ! marmonne Tania qui rejoint son atelier, seul endroit épargné par les décorations de Noël.

— Tu touches surtout pas à mes affaires ! l'avait-elle prévenue.

— Je vous laisse à votre dîner entre potes. J'ai du boulot.

Elle se réfugie dans son univers protégé, son espace à elle bien qu'ouvert sur le salon. Un paravent peint à la main avec ses personnages vedettes, sépare quand même son bureau, de la cuisine.

Elle se précipite sur son téléphone. Aucun message, aucun texto. Téléphone tristement désert. Christophe lui avait demandé s'il pouvait la contacter librement. Elle avait répondu que oui sauf les appels. Elle ne sait pas tricher. Sa voix trahirait son émotion si Dave l'entendait répondre.

— Il doit être avec Cunégonde, murmure Tania, désignant Gina par ce surnom, comme du temps de leur enfance.

C'est qu'elle en avait des sobriquets, la pimbêche de la classe ! Les élèves étaient tous intarissables, surtout les filles, pour l'affubler de surnoms dévalorisants. Elle ne s'en rendait pas compte et les remerciait même parfois, ignorant qui étaient ces personnages. Javotte, Olive, Nellie Oleson et Cunégonde… ou encore le cerbère, la mégère…

Christophe est si beau, si gentil, si élégant, si brillant. Comment peut-il la supporter ? Comment avait-il pu accepter ce marché ignoble de récupérer l'entreprise familiale en échange de ces épousailles sordides. Un mariage d'intérêt.

— Un groupement d'intérêt économique, voilà ce qu'on est ! avait-il expliqué en parlant de son couple avec Gina.

Il indique ainsi qu'ils n'ont aucune relation intime. Est-ce vrai ? Tania en doute. Comment Gina peut-elle accepter un tel compromis ? Quel intérêt aurait-elle ?

Pour la rassurer complètement et finir de la convaincre, il avait mis les points sur les *i*.

— Je ne la supporte pas ! C'est une vraie caricature. Elle n'a jamais fait le ménage ou descendu une poubelle de sa vie. Elle a été élevée comme ça. Elle trouve son comportement normal. C'était celui de sa mère, de sa grand-mère. C'est le sien maintenant. Elle mène la grande vie. Sa dernière lubie, c'est d'imposer un uniforme à notre personnel de maison.

— Votre personnel de maison ? Vous avez des employés ? Ah ben ! Si je compare à notre vie à nous, ça n'a vraiment rien à voir.

Tania meurt d'envie de lui écrire. Elle n'ose pas. Elle a peur de faire une erreur fatidique en se permettant un acte non validé auparavant. Elle aurait dû lui demander si elle pouvait le joindre et si oui, de quelle manière, mail, texto, appel… Messenger, WhatsApp, Instagram… Il y en a des méthodes de nos jours pour contacter quelqu'un.

— Le moyen le plus sûr sans laisser de traces est Messenger, se dit-elle. Mais il n'a pas de compte Facebook.

Elle tente de se connecter à son compte LinkedIn. Il ne doit pas être rivé sur son écran. Et si ça se trouve, il fait gérer ce compte professionnel par ses assistants en communication. Elle le tente malgré tout. Il n'est pas en ligne.

Elle se lance dans la rédaction du communiqué de presse pour le lancement de sa nouvelle BD. Elle se réserve ce privilège. Elle n'a jamais voulu confier cette tâche aux services presse des éditeurs. C'est elle et elle seule qui connaît son œuvre. Elle demeure la mieux placée pour en parler.

Elle entend les capsules de bière sauter dans la pièce d'à côté et les cris fuser devant un match de rugby. Dave ne se refuse rien et s'est abonné aux chaînes de sport internationales pour voir tous les matchs de rugby et de foot du monde entier. Tania n'est pas très télé et profite de ces soirées sports pour se réfugier dans son univers d'artiste bien à elle. Ils ont établi une routine confortable qui les satisfait tous les deux. Ils ne se disputent jamais. Ils vivent dans une colocation réussie, complaisante et sans histoires.

Evidemment, ce n'est pas la passion mais au moins, elle est épargnée de scènes d'engueulade, de jalousie, de reproches divers comme la plupart des couples. Dave n'a jamais témoigné d'une quelconque violence ce qui avait surpris Tania habituée aux altercations électriques de ses parents. C'est certainement la raison pour laquelle elle ne voulait pas se plaindre. En cela, Dave était irréprochable.

Avec son fils, son comportement était identique. Jamais aucune brimade même quand il devrait. Dave ne supporte pas les conflits. Une mauvaise note, une absence injustifiée à l'école, des gros mots… Rien chez Greg ne déclenche l'animosité de Dave à l'égard de son fils chéri. Il est ainsi fait ! Il ne reproche rien ni à sa famille, ni à ses amis, ni à ses employeurs. Ne pas se rebeller devant des situations injustes lui a occasionné d'ailleurs maints déboires dans la vie mais il ne peut pas changer ce trait de caractère.

Elle part dans ses songes nostalgiques avec le brouhaha bon enfant qui règne dans le salon, en toile de fond. Elle tressaillit à l'arrivée d'un texto.

Je suis en bas de chez toi.
Tu peux descendre ?

Ni une ni deux, Tania traverse le salon. Les deux énergumènes, affalés, ne prêtent pas la moindre attention à elle. Elle enfile un jean, ses ballerines noires vernies, un tee shirt blanc et une large veste confortable avec un col en fourrure. Un véritable art de vivre, façon Tania. Le look par excellence. Simple, classe, seyant pour son allure longiligne. Elle se recoiffe de la main devant le miroir du hall et crie à la compagnie :

— Je descends les poubelles !

— Pas la peine Darling ! Je le ferai après le match. Comme ça, il pourra fumer sa clope, ce cher Paulo. Il est en manque ! lance Dave avec une grande tape dans le dos de son pote.

— Non ! C'est bon ! Restez tranquilles tous les deux. Ça sent vraiment mauvais cette poubelle, c'est insupportable.

Elle sort en claquant la porte et… en oubliant la fameuse poubelle. Arrivée en bas de l'immeuble, elle aperçoit une ombre derrière le portail vitré. Elle reprend l'ascenseur pour récupérer la poubelle, reclaque la porte. L'ascenseur est éternellement occupé. N'y tenant plus, elle dévale les sept étages à pieds. Elle arrive épuisée en bas, à bout de souffle de fatigue et d'émoi.

— T'es fou ! chuchote-t-elle, en plongeant dans ses bras.

— Oui ! Fou de toi ! Je ne pouvais pas passer la nuit sans te voir. Tu m'en veux pas ?

— Non ! Bien sûr que non ! Quelle surprise de dingue !

— Tu te souviens de la promesse qu'on s'était faite tous les deux quand on avait 14 ans ? Qu'on se marierait un jour ? Eh ben moi je n'ai pas oublié.

– Oui… Je croyais que tu étais mon ami mais j'en avais marre de n'être que ton amie. Je voulais un engagement…

Ils s'embrassent éperdument sous le porche. Des flocons de neige commencent à tomber.

— Oooohhhh ! C'est magnifique ! s'émerveille Tania.

La météo annonçait un refroidissement brutal. La neige pointe le bout de son nez, pile au moment où ils sont blottis dans les bras l'un de l'autre ! C'est carrément improbable ! Comme un signe de chance !

Depuis qu'ils se sont retrouvés, ils posent des yeux éblouis sur tout. La vie est belle. Les illuminations de la rue clignotent d'une multitude de couleurs et de formes. Les volets sont tous fermés. La rue est déserte. Seuls quelques passants, les bras chargés de courses, se hâtent de rentrer chez eux. Ils se sentent seuls au monde.

Soudain, la lumière du hall les aveugle. Tania pousse de la main Christophe pour l'éloigner d'elle. C'est la concierge, revêche, qui sort les poubelles de l'immeuble.

— Bonsoir, dit la vieille femme, affairée, sans prêter attention à ce visiteur inconnu.

— Ouf ! soufflent-ils en chœur.

Ils attendent patiemment qu'elle s'engouffre à nouveau dans l'immeuble pour s'embrasser à nouveau. La fenêtre du rez-de-chaussée s'ouvre. C'est encore la concierge qui fait des siennes. Elle ferme ses volets en criant :

— Rentrez vite ! Il fait froid !

— De quoi elle se mêle, celle-là ? demande Christophe en riant.

— Oui… N''importe quoi ! En plus d'habitude, elle me calcule pas !

— On ne pourra pas se voir pendant trois jours, enchaîne Christophe.

— Ah bon ? répond Tania, inquiète, du tac au tac. Mais pourquoi ?

— Je vais en déplacement à Londres. A moins que tu ne veuilles partir avec moi. Je serai bien occupé mais on pourra se voir le soir. Tu pourras partager ma chambre. Tu me serviras d'interprète. Je coince avec l'anglais, y'a rien à faire.

Et puis personne ne sera étonné. Tu es bien notre nouvelle auteure ? Je pars demain vers 14h.

Christophe essaie de la convaincre à coups de multiples arguments.

— Je te dirai demain. Je peux t'envoyer un texto le matin ?

— Appelle-moi plutôt sur ma ligne directe au bureau.

Il se méfie donc des réactions de sa femme. Elle doit être suspicieuse. Cette situation met mal à l'aise Tania qui n'a pas l'habitude à ça. Elle exècre le mensonge. Elle ne veut pas tricher et déteste qu'on la berne. Christophe, lui, ne semble pas du tout embarrassé par ces duperies. Il a l'air même de baigner dans ce climat et imagine plein de subterfuges pour tromper sa femme en toute quiétude.

— Sotte comme elle est, se dit Tania, elle ne doit se douter de rien.

Il sort une carte de visite de son trench et griffonne au dos, contre le mur, un numéro de téléphone. Bouchon à la bouche, il commente ce qu'il fait :

— Voilà ! Tu y penses sérieusement… D'accord ? Tu imagines ? Deux jours et deux nuits rien qu'à nous, sans contraintes familiales.

— Je te promets d'y penser oui…

Le téléphone de Christophe sonne.

— C'est Gina ! Elle passe la nuit chez sa mère et elle me saoule quand même.

Il se garde bien de répondre. Un texto arrive dans la foulée du message qu'elle laisse sur le répondeur.

— Zut et re Zut ! Elle est rentrée à la maison finalement… Bon je te laisse ma Tani… A demain ! Hein ? A demain ?

— J'espère que tu n'auras pas de problèmes !

— Non ! C'est l'intérêt d'avoir une vie pro chargée. Je ne suis pas à l'abri de rendez-vous tardifs. Elle est coutumière du fait.

— C'est joliment dit !

Leur séparation est un déchirement comme à chaque fois.

Christophe traverse la rue pour retrouver sa voiture qui s'éclaire à son arrivée. Il envoie un baiser à Tania.

Son énorme véhicule, équipé de technologies dernier cri, sort à tombeaux ouverts de sa place. Un choix luxueux, sportif et élégant comme lui.

Tania grimpe, deux à deux, les marches de l'immeuble. Elle rentre en fredonnant « Jingle Bells ». Dave ne s'étonne même pas de sa longue absence. Et pour cause ! Lui et son pote se sont endormis, paquets géants de chips sur les cuisses. Le programme est passé aux films pornos vue l'heure tardive. Elle éteint la télé et rejoint son lit, le cœur léger, l'âme dans les nuages.

10.

La magie de Noël à Londres

Tania prétexte un rendez-vous professionnel avec son éditeur à Londres pour justifier ce départ précipité. Rien n'étonne Dave qui en profite pour prolonger le séjour de son copain chez eux.

— Ne t'en fais pas, je vais me débrouiller. Ça doit être beau les illuminations de Noël à Londres, veinarde !

— Oui… Mais tu sais je n'aurai pas le temps de flâner. On a un salon de la BD et une flopée de rendez-vous… Alors ça va être boulot dodo. Heureusement, ils m'ont réservé un hôtel juste à côté du salon.

Dès 8 heures du matin, Tania appelle Christophe sur sa ligne directe. Le téléphone sonne dans le vide. Au bout de plusieurs appels, finalement, une voix de femme répond. Tania reste en équilibre, déconcertée.

— Bureau de Monsieur Baud, j'écoute, dit la voix.

— Pardon… Je me suis trompée de numéro, répond stupidement Tania.

Son bagage, fin prêt, attend dans le hall. Elle commence à renoncer à ce voyage imprévu quand Christophe lui adresse un texto.

Alors c'est oui ?

Oui

Sa réponse succincte a dû enjouer Christophe qui prend le risque de l'appeler. Elle a enregistré son numéro sous le nom « Editeur ». Elle ne ment pas mais détourne l'attention en n'utilisant pas son prénom, trop intime à son goût. Dave pourrait se méfier.

— Je te retrouve à la grille du Parc Monceau. Je serai en taxi. On ira à la Gare du Nord ensemble.

— Ah OK ! C'est mieux que l'avion, je préfère.

Tania a une peur panique de l'avion et ne le prend que quand c'est le seul moyen de transport possible… Pour se rendre aux Etats-Unis par exemple. Rien ne viendra donc ternir ce séjour en amoureux.

— Je t'ai réservé un billet dans l'Eurostar. Ma secrétaire n'a pas pu trouver de place côte à côte. Si on n'arrive pas à s'arranger avec mon voisin ou le tien, on se retrouvera au bar. Je suis si heureux de t'emmener avec moi ! Que ce Noël est magique décidément ! C'est le plus beau Noël de ma vie !

*

Ils se prennent en selfie devant l'Eurostar. Leurs places réservées sont en première, évidemment… Le train est bondé ! Elle s'installe, côté vitre, à côté d'un vieil homme British qui a des airs de Patrick Macnee, le héros de *Chapeau Melon et Bottes de Cuir*. Elle se retourne, cherchant Christophe du regard. Lui, se trouve côté allée, avec une jeune femme d'une trentaine d'années à l'allure de mannequin. Tania, verte de jalousie, fait des mimiques pour lui demander ce qu'il décide.

Dès le départ du train, il se lève, traverse le hall jusqu'à elle et l'entraîne vers la Voiture Bar. Ils s'assoient sur des tabourets hauts, face à l'immense vitre qui décline les paysages magnifiques du Nord de la France. Il commande deux « Menus Eurostar ».

— J'ai un petit creux ! dit-il. Je n'ai même pas pris de petit-déjeuner tellement j'étais pressé de partir.

Ils se régalent de ces plats légers et savoureux.

— C'est pas mauvais pour une fois, s'exclame Christophe.

Ils s'émerveillent de chaque chose. Ils sont réunis et baignent dans un bonheur total.

Le trajet se déroule à une rapidité incroyable. Ils arrivent à la Gare de Saint-Pancras à la vitesse de l'éclair. Le soir est tombé. Ils n'ont jamais rejoint leurs places et sont restés au bar, à renfort de bouteilles d'eau et de cafés, après leur déjeuner frugal.

— Le shopping d'abord ! s'écrie Christophe en sortant de la Gare.

Plutôt que de prendre un taxi pour se rendre à l'hôtel, il a la bonne idée d'opter pour un bus à étage. Ils grimpent en haut. Ils ne veulent rien rater des boutiques qui vont défiler sous leurs yeux.

— Direction Picadilly, s'écrie-t-il joyeusement.

Perchés à l'étage, ils touchent les illuminations et frôlent les anges de *Regent Street.*

— La tête dans les nuages ! C'est fantastique, s'écrie Tania, blottie contre son amoureux.

Ils descendent à *Covent Garden.* Un groupe de Mormons, tous vêtus de blancs, entonne des chants de Noël.

L'atmosphère très chaleureuse d'un petit marché couvert les émerveille.

Ils marchent un peu. Ils font une halte à « Winter Wonderland » dans le quartier de *Hyde Park*. Une fête foraine à la taille démesurée invite Anglais et touristes à se divertir, se restaurer et se désaltérer. Tania exècre les foires ou parcs d'attractions hormis Disneyland. Pourtant elle se délecte de ce lieu impressionnant qui foisonne d'attractions spectaculaires… ou pas.

— C'est hallucinant !

Seconde escale, d'un commun accord, à la patinoire installée devant le Musée d'Histoire Naturelle. Ils louent des patins dans le petit chalet dédié. Main dans la main, ils patinent en parfaite symbiose. Il l'entraîne dans un tourbillon vertigineux. Il excelle dans cet art, pas elle. Mais comme tout bon cavalier, il lui permet de se surpasser. Il la fait décoller du sol. Tania plane au-dessus de la glace. Elle ferme les yeux, totalement enivrée par ce pas de deux. Bouche contre bouche, ils se donnent un long baiser effréné. Romantique au possible, le couple fait des jaloux sur la patinoire. Les patineurs, emmaillotés chaudement de doudounes et bonnets multicolores, tentent d'imiter ce duo d'amoureux, sans succès. Fair-play, ils applaudissent à tout rompre la figure époustouflante de ce couple irradié par l'amour.

— Sous ces ovations, on s'en va, tu en penses quoi Tani ?

— Oui… Oui… Allons ailleurs !

Cette promenade dans Londres sous les illuminations est féerique. Il y a de la magie dans l'air. Ils ont soif de découvertes, de surprises, d'inédit.

Tania pense à envoyer un texto groupé à Dave et Greg, aussi laconique que d'habitude :

Bien arrivée ! Bises

— Je te dépose à l'hôtel. J'ai un rendez-vous avec un

associé dans un Pub, pas très loin. Ça te laisse le temps de t'installer. Après, je t'emmène au resto et on verra London by night !

La foule est dense à présent. Londres grouille de passants dans un esprit très international. Ils hèlent un taxi dans la rue, aucun ne s'arrête. Ils se dirigent vers un endroit stratégique, à un arrêt de bus, pour trouver un « black cab », les taxis officiels londoniens. Le premier d'une file impressionnante les accueille froidement et charge leurs bagages dans le coffre.

— Prendre un taxi à Londres fait partie du tourisme ! C'est une expérience à ne pas rater, explique Christophe.

Le chauffeur, loin devant eux, est séparé par une vitre en plexi glass et ne peut les entendre. Ils en profitent comme deux gosses pour déblatérer gentiment sur son compte.

— Il fait une tête, ce chauffeur !

— Pas très sympa !

— T'as vu comme il est fringué ?

Le taxi rétro, au noir rutilant, les dépose devant un hôtel de Kensington. Et là, à leur grande surprise, le chauffeur sort du véhicule, les fait payer en carte bancaire et s'exprime… en Français.

— Je suis le seul chauffeur français de « Black Cab » à Londres.

— Pas de chance ! chuchote Tania, gênée.

Visiblement, il était si isolé dans sa cabine, qu'il n'a pas prêté attention à leur échange. Christophe descend précipitamment. Il embrasse tendrement Tania sur la bouche et file à son rendez-vous.

Elle s'empare de son bagage, déposé par le chauffeur sur le trottoir, encore plus léger que le sien. Pressé et distrait, il l'aurait oublié dans le coffre si le chauffeur n'avait pas pensé à le sortir.

Elle dépose ses valises à la réception et en profite pour faire un tour à Kensington Gardens qui se situent juste en face de l'hôtel. Elle se souvient de ses longues promenades dans ce parc, il y a plus de vingt ans. Toute une époque ! Encore aujourd'hui, cette image lui fait tourner la tête. Elle était jeune, pleine d'espoir sur l'avenir. Elle prenait toujours le même chemin, de la grille au Palais de Kensington.

Imaginer que des princes et princesses vivaient ici, la réjouissait. Elle y a même croisé un jour la Princesse de Galles, elle-même. La superbe Kate, avec le futur roi à sa main, le Prince George, se promenait en caleçon moulant et sweat, encadrée de deux gardes du corps.

Puis elle se dirigeait vers l'étang rond. Elle reconnaît bien ce banc où elle s'asseyait des heures, tenant fermement la poussette de Greg qui dormait paisiblement. Il était si sage ! Elle lui montrait la statue de Peter Pan comme s'il pouvait comprendre quelque chose à son âge. Qu'importe ! Même lorsqu'il était dans son ventre, elle communiquait avec son fils, ce bien précieux avec qui elle n'a toujours pas coupé le cordon ombilical.

Ce parc royal lui rappelle ses premières sources d'inspiration. Munie de cahiers Moleskine, elle y a dessiné ses premiers héros, imaginé ses premiers personnages. Elle a toujours esquissé ses œuvres sur ces cahiers de cuir noir aux pages sans traits, ces cahiers adulés par les écrivains, comme par exemple Hemingway. Elle n'a jamais utilisé de papier d'aquarelle comme les autres illustrateurs.

*

Une soirée inoubliable

A peine le temps de se doucher et d'enfiler une mini robe que Christophe tambourine à la porte. Elle a envie de vêtements de fête pour célébrer Noël, plusieurs semaines avant. Elle brille de mille feux dans sa robe en mesh moulante rose à manches évasées.

— Déjà ? dit-elle en lui ouvrant la porte avec un baiser instantané.

— Je l'ai expédié… J'avais trop hâte de te retrouver.

— Je ne m'en plains pas ! Je suis prête !

— Comme tu es belle ! s'émerveille-t-il en soulevant sa chevelure pour l'embrasser dans le cou.

— Je me suis parfumée tu vois, ajoute-t-elle, très fière d'elle.

Il a glissé dans ses bagages, un flacon de parfum appelé « Allure ». Tout un programme ! Par courtoisie mais aussi par envie de lui faire plaisir, elle s'est aspergée de cet élixir fruité. Elle ne fait jamais les choses à moitié.

Tania s'évade dans ses pensées comparatives et pense à l'indifférence de Dave. Toujours là, sans être vraiment présent. Elle joue souvent à le piéger en lui demandant ce qu'elle porte « en bas » alors qu'elle est assise. Il ne se trompe pourtant jamais. Il l'a bien observée dans les détails, jupes, collants, chaussures… mais ses attentions sont transparentes. Christophe, lui, s'exprime par de multiples gestes tendres et mots doux. Il éclaire sa vie et la rend multicolore, scintillante, étonnante.

— Tu vois comment les choses pour nous deux ? lui demande Christophe, solennel tout à coup.

— Je veux qu'on vive ensemble. Tu crois que ce sera possible un jour ?

— Dis-moi tout… Avec ton mari, ça se passe comment ? Tu lui as tout dit ?

— Tout dit ? Mais tu plaisantes !

— Oui je m'en doutais.

— Il n'est pas jaloux… Mais n'empêche qu'il tient à moi. Je pense qu'il n'imagine pas une seconde que je puisse le plaquer. Et toi ? Ta Gina ?

— Moi tu sais comme je t'ai expliqué, il ne se passe pas grand-chose entre nous. Mais elle s'est améliorée, tu sais, depuis le lycée.

— Ah ! Tu vas la défendre maintenant ?

— Pas du tout ! Elle ne m'attire pas et ne m'a jamais attiré.

— Ben alors pourquoi tu t'es marié avec elle ? Et puis tu aurais pu m'attendre.

— Tu ne m'as pas beaucoup attendu non plus… Quand j'ai su que tu t'étais mariée et que tu avais un enfant en plus, j'ai fini par accepter ce qu'on me proposait depuis des mois, c'est-à-dire « épouser la fille de… ». Je n'avais plus beaucoup d'intérêt puisque je ne pouvais plus t'espérer. Et ce mariage ravissait mes parents. J'ai toujours été discipliné… tu sais bien…

— Pour moi, c'est l'inverse qui s'est passé. C'est quand j'ai su que tu avais épousé Javotte que j'ai rejoint Dave en Angleterre.

Christophe semble affligé par tous ces malentendus.

— Ne sois pas triste… lui souffle-t-elle en caressant son visage.

— Je ne suis pas triste, mais voilà c'est comme ça. Je ne sais pas ce que je ferais sans toi maintenant.

— C'est incroyable de s'être retrouvés tous les deux !

— Je te cherche depuis longtemps. Et là je ne pouvais plus attendre. Il fallait que je trouve un stratagème pour te mettre la main dessus.

— Je me suis laissée piéger. Bravo !

— Cessons de tergiverser. Le constat est là ! Nous sommes mariés tous les deux et on ne veut plus se quitter. On fait quoi ?

— On va boire un cocktail, répond Tania, imprévisible

pour détendre l'atmosphère.

Elle refuse de gâcher ce voyage romantique inopiné par des prises de tête. Il acquiesce avec un entrain reconnaissant. La fluidité de leur vie de couple ne saurait être altérée par des plans sur la comète, négatifs. Ils verront bien ! Ils savent qu'ils mettront tout en œuvre pour réaliser leur vœu le plus profond, être enfin réunis pour l'éternité. Comment ? Ils verront bien. Pour l'instant, ils ne s'en sortent pas trop mal. Ils prennent tous les risques sans se faire prendre la main dans le sac. Ils expliquent cette chance par la conjoncture astrologique et même surnaturelle de leur relation. C'était le moment ! Personne ne peut rien y faire. Leur union est inéluctable.

*

Le concierge de l'hôtel leur indique les bons plans pour une soirée dans le quartier. Ils optent pour un Cabaret du style Lido où se produit la comédie musicale « Chantons Noël ». Le flyer les séduit à l'unanimité de leurs deux voix :
Venez partager l'esprit de Noël en chansons. Nos comédiens chanteurs vous plongent dans la tradition des chants de Noël.

Ils ont décidé de s'imprégner de l'esprit de Noël, reconnaissants d'avoir été réunis à cette époque magique.

Le groom en livrée gère la réservation de places. Il leur recommande de s'y rendre à pied. Après dix petites minutes de marche, ils arriveront à destination.

Ils se prennent en selfie devant le *London Palladium Cabaret*, le plus ancien music-hall de Londres encore en activité. La comédie musicale est annoncée en énormes lettres lumineuses sur la façade. Quel souvenir, ils auront ! Gageons que cet album « Londres à Noël » sera marqué dans les annales de leurs vies respectives.

Ils ne jouent même pas de prudence. Ils pourraient éviter les photos… Cela donnera du grain à moudre à leur compagnon et compagne, en cas de divorce ou de séparation. Eh bien non ! Ils prennent le risque. Rien ne peut gâcher leur plaisir. Ils ont attendu 25 ans. 25 ans à vivre autre chose que ce qu'ils avaient toujours rêvé et qu'ils s'étaient promis de réaliser. Ils ont le droit à présent de profiter de ce merveilleux cadeau du ciel. Il se présente à Noël comme une extraordinaire offrande tant espérée. Alors comment passer à côté de cette magnifique opportunité de trouver enfin le Bonheur ? Après, il sera trop tard. Ils veulent à tout prix, saisir cette Seconde Chance qui s'offre à eux.

Plus spectaculaire que jamais, la salle peut accueillir 400 ou 500 personnes, assises à des tables rondes, pour 2, 4, 6 ou 8 personnes. Christophe et Tania attendent, impatients, celle qui leur a été attribuée. Une table pour deux située pile en face de la scène. Quelle chance ! Tout leur sourit. C'était déjà inespéré d'avoir des places une heure avant la séance. Bénéficier de cet emplacement tant prisé tient carrément du miracle. Ils se sentent forts, invincibles, puissants. Tout ce qui leur arrive depuis leurs retrouvailles est si fantastique. Leurs journées coulent de source comme une évidence. Rien ni personne ne pourra arrêter ce rythme aussi doux que trépidant que leur réserve chaque journée. Il faut dire qu'ils s'en donnent les moyens. Souvent Christophe propose et Tania accepte. Mais parfois Tania suggère et Christophe s'exécute. Ils ne font qu'un !

— A la vie, à la mort ! s'exclame Christophe en faisant vibrer sa coupe de Champagne contre celle de Tania.

Ce geste pourtant anodin scelle leur union à tout jamais. Les deux amoureux se dévorent du regard, prêts à entrer dans la magie de ce conte de Noël. La scénographie renversante déchaîne la foule nombreuse et attentive de la salle. Les tenues éblouissantes et les couleurs enchanteresses sublimées par les strass et les paillettes subjuguent le duo plus uni que jamais. Ils ne se lâchent la main que pour déguster les excellents mets servis par des Bluebell Girls somptueuses.

LONDRES

11.

Noël en famille

Chez Tania, c'est l'effervescence en vue du réveillon de Noël qui approche à grands pas.

J-8 !

L'excitation atteint son paroxysme.

Greg déclame, grandiloquent, comme s'il interprétait une pièce de théâtre.

La ville est sens dessus dessous. Les boutiques se ferment. Les femmes font à la hâte leurs provisions, les rues se dépavent, tous les cœurs sont serrés par l'angoisse d'un grand événement. Le pavé sera prochainement inondé de sang.

— Tu cites Baudelaire, toi maintenant ?

— C'était le sujet de mon Bac de Français, Mam.

— Je me disais aussi…

Le salon feutré éblouit par sa décoration féerique, élégante, spectaculaire. Dave a placé ce Noël sous le thème « Chic et Gourmandise en rouge et doré ».

Il regrettait l'emphase de son Noël Russe de l'année précédente et avait eu du mal à se fixer sur un nouveau thème. Il faut dire qu'il est de plus en plus difficile d'innover, d'année en année.

Tania se sent nostalgique. Elle se dit que c'est peut-être le dernier Noël qu'ils passent tous les trois ensemble dans cet appartement. Elle s'en veut de gâcher cet équilibre tranquille qui pourrait sereinement la bercer jusqu'à la vieillesse, aux côtés de Dave. Mais dès qu'elle s'éloigne de Christophe, elle a le manque de lui. Ce vide dans le ventre, cet estomac noué qui fait si mal qu'elle se plie en deux de douleur... Toutes ces sensations physiques sont le reflet de l'émotion qui l'étreint en pensant à lui.

Dave contemple ses travaux encore en chantier, avec une joie non dissimulée. Il a décidé de réveiller les papilles de la joyeuse assemblée en leur offrant un Noël des plus gourmands. Il a créé un monde acidulé avec de multiples sucres d'orge géants, des biscuits de Noël épicés, des cupcakes démesurés.

La pression est d'autant plus grande qu'ils accueilleront pour la première fois, Mini Tania et ses parents. Il a bien l'intention de leur en mettre plein la vue avec ce paradis gastronomique.

Il a confectionné de ses doigts habiles, une Grande Roue lumineuse et musicale. Il a travaillé des nuits entières pour la peaufiner. Tania et Greg se déclarent abasourdis par ce résultat spectaculaire. Tania tente cependant de le raisonner et de calmer ses ardeurs :

— Bientôt, on ne pourra plus circuler dans cet appartement. Je fais comment moi pour servir les invités ?

— Déjà, c'est moi qui sers… Comme d'habitude. Et c'est pas beau, ce décor ?

— Si ! Bien sûr ! C'est fantastique ! Tu as un vrai talent ! Tu devrais en faire un job.

Tania se dit qu'il aurait pu faire carrière dans cet art très prisé de la décoration. Mais sa spécialité unique, Noël, semble restrictive pour en faire un métier d'architecte décorateur.

— Un job ou au moins faire des photos et les envoyer à la presse spécialisée, poursuit-elle. Des magazines de décoration, par exemple. Je suis certaine qu'ils sauteraient sur tes clichés. Tu pourrais te faire une petite célébrité…

— Une gloire, tu veux dire ! surenchérit Greg, très fier, pour une fois, de son *Daddy*.

— Je fais ça pour vous, Darling. Je m'en fiche complètement de la célébrité !

C'est tout Dave, cette réaction ! Sa personnalité pourrait attirer la sympathie. Mais Tania n'adhère plus à ce dénuement total d'ambition qui a gâché leur vie. Sur ses « bizarreries », longtemps Tania n'avait pas mis un nom. Aujourd'hui, elle les trouve puériles, inadéquates, insensées. Quand on commence à ne plus aimer quelqu'un, même ses qualités deviennent des défauts.

Dave a déjà dressé la table, décorée avec goût, de bijoux factices et de faux gâteaux en porte-couteaux ou porte-menus. Il ne manque que les assiettes, verres et couverts.

Des couronnes en pommes de pin et bougies rouges dans des verres, égayent les portes de laque blanche.

Les fenêtres confèrent à la demeure, des airs de cathédrale aux vitraux étonnants. Chacun conte une histoire de Noël. Ce travail d'art a été réalisé de main de maître par Dave lui-même.

Des ours polaires blanc immaculé, plus vrais que nature,

patientent sur des mètres de coton, en guise de neige.

Mais la vedette reste « mon beau sapin ». Sa majesté étincelle, brille et croule sous les objets originaux. A ses pieds, d'énormes cadeaux aux nœuds rouges et dorés, attendent patiemment d'être ouverts.

Ce décor de rêve mériterait en effet les éloges de la Presse. Une beauté d'autant plus admirable qu'elle est éphémère. Dave retire tout fin janvier, dans un déchirement poignant. Parfois, il prolonge d'une ou deux semaines ce douloureux moment, suscitant les reproches de Tania.

— On va arriver en été et on aura toujours les décors de Noël.

Il capitule donc et passe au moins une semaine à tout ranger précieusement dans des cartons plus ou moins grands, par catégories : guirlandes lumineuses – objets du sapin – couronnes… Tout en classant son précieux matériel, il se transpose déjà sur le thème du Noël suivant.

— Il sera seul probablement l'an prochain, se dit Tania, en pensant à cette perspective et à ce rituel.

*

La mine renfrognée devant tant d'agitation, Tania se réfugie dans son cher atelier qu'elle a réussi à préserver de cette frénésie décoratrice. Ici, elle peut réfléchir sans être importunée par des demandes incessantes du quotidien.

Avec Christophe, elle est partagée entre le doute et la certitude, le pour et le contre, le yin et le yang. Elle aimerait tellement partager sa vie, vivre avec lui, dormir avec lui comme tous les couples. Cette passion adultérine ne lui convient pas. Elle déteste la tromperie et le mensonge. Quoi qu'il en soit, elle doit clarifier sa relation.

Côté « contre », Christophe ne semble pas dans le même état d'esprit qu'elle. Il paraît se satisfaire de leurs rencontres cachées. Et puis, il lui a avoué être infidèle, mauvais point pour les rapports exclusifs. Peut-être ne peut-il pas se passer de séduire, de papillonner, de flirter ? Cette liberté confortable lui offre une qualité de vie appréciable. Pourquoi renoncer à ce qu'il a construit durant des années ? Pour elle ? Elle en doute.

Greg, très en phase avec sa *Madré*, a deviné un bouleversement en elle. Il la cuisine en vain. Evasive, elle justifie sa bonne humeur par l'arrivée de Noël. Hors de question de le rendre complice de ce qu'il pourrait prendre pour une dérive de la part de cette mère exemplaire, jusque-là.

Côté « pour », elle sait que Christophe l'aime, d'un véritable amour, celui de ces enfants qui se sont promis de ne jamais se quitter. Comme elle, il est pressé de profiter de leur intimité. Il ne veut plus passer un jour sans elle. 25 ans ! Ils ont attendu 25 ans dans le silence, l'éloignement, le vide.

Elle a fait une énorme bourde, un jour, en lui laissant un message vocal sur son portable. Il lui avait bien dit de le joindre exclusivement sur la ligne directe du bureau. Or, sur la fiche « Contact » de son téléphone marquée « Editeur », elle avait enregistré deux numéros, la ligne fixe bureau et le numéro de portable. Les deux étant sous le même nom, elle avait fait l'erreur de l'appeler, sans le savoir, sur son portable. Elle s'en est mordue les doigts immédiatement en écoutant le message de son répondeur. Sur la ligne du bureau, en cas d'absence, le téléphone sonne sans discontinuité ou bien la secrétaire répond à sa place. Elle doit en savoir des choses, cette femme ! Mais sa fonction exige la plus parfaite confidentialité. A quoi ressemble-t-elle ? Elle l'imagine sexy, tailleur ultra moulant, à l'instar de Sharon Stone dans « Basic Instinct ». Elle doit charmer son patron à la façon de LA scène devenue mythique qui a fait sa gloire où l'actrice croise et décroise les jambes.

Il lui a dit qu'il n'aimait pas mélanger travail et vie privée. Pourtant avec Tania, c'est bien ce qu'il a fait en l'engageant comme auteure dans sa société d'édition. Alors comment le croire ?

Parfois, elle ne reconnaît pas le naïf Christophe de son adolescence, toujours dans ses jupes. En devenant un personnage riche et puissant, il a acquis un style de vie tellement hors sol qu'il en semblerait presque suffisant. Il ne faudrait pas que ces qualités deviennent des défauts.

Elle dresse un tableau avec les colonnes des « pour » et des « contre » et constate un équilibre inattendu entre les deux. Le verdict est donc mitigé. Comment se forger un avis avec un tel état des lieux ?

Greg hurle à qui veut l'entendre que Tania vient d'avoir un article dans *Le Monde* sur son dernier livre. Déjà ! Le service Presse de ses nouvelles Editions, menées tambours battants par « Unique Amour de sa Vie », fonctionne à bloc. Un article dans *Le Monde* engendre des milliers de ventes. Elle sort de sa torpeur méditative et se précipite sur l'ordinateur de Greg, abonné à la version Web du quotidien. Elle lit la critique le cœur battant. Une photo d'elle en noir et blanc, tenant son ouvrage, tient la moitié de cet article dithyrambique.

Tania a dû faire ce qu'elle déteste : prendre la pose dans un studio photo durant une bonne demi-journée. Ces Editions ne font pas les choses à moitié puisque c'est au Studio Harcourt, portraitiste d'exception, qu'elle s'est faite shooter.

Elle mesure le privilège d'avoir des photos de ce prestigieux studio. De cette expérience inoubliable, elle a gardé des portraits hors du temps qu'elle a glissé dans son book. Elle parcourt à haute voix la critique, le cœur battant à chaque ligne :

Celle qui traque partout le romanesque, même dans la BD, nous ravit avec cette nouvelle parution de la série Les 4 Sœurs. Tania Cooper, auteure franco-britannique, signe la superbe édition luxe des 4 Sœurs au Japon. Elle bouscule les codes de la BD. Ses célèbres héroïnes ont grandi et leur public avec. En arrivant au Japon, elles nous éblouissent de leur énergie inouïe. En bonus, des planches à encadrer sont glissées à l'intérieur du livre. Un ouvrage collector à mettre entre toutes les mains, de 7 à 99 ans.

— Waouh ! C'est trop bien ! Excellent ! s'écrie Greg qui embrasse sa mère avec effusion, comme toujours.

Dave accourt devant ces cris de joie, abandonnant son troisième vitrail en plein milieu, les doigts noircis par le feutre indélébile. Père et fils l'écrasent littéralement de leur chaleur affectueuse et la couvrent de félicitations.

— Tu complimenteras ton nouveau Boss, Darling. Il est trop fort ! Il démarre sur les chapeaux de roue, lui au moins. C'est pas comme l'autre qui n'a rien foutu en dix ans de collab'. T'as bien fait de le larguer !

— S'il savait qui est mon boss ! pense Tania. Il ne serait peut-être pas aussi enthousiaste !

Et de rajouter à haute voix :

— Par contre, je ne sais pas où ils ont été pêcher que j'étais franco-britannique.

— C'est un coup des communicants, ça ! répond Greg. Ils ont dû trouver que ça faisait mieux que « Lyonnaise » ou « Française ».

— Non ! Je sais pourquoi ! C'est encore à cause de l'article du « Figaro » *Une Anglaise à Paris*. Il me colle à la peau. Peu importe ! Ça me va !

*

Dave continue à s'affairer. Le frigo ne pouvant pas contenir tous les préparatifs, il dispose fruits de mer, desserts et boissons soft, au balcon.

— Oh ! Regardez ! Il neige ! C'est trop bien ! Cette chaleur, ça n'allait pas avec Noël…

Agglutinés à la seule fenêtre du salon ayant été épargnée par les vitraux, ils s'émerveillent devant les gros flocons qui tombent inlassablement. Le sol commence à être blanc, prodiguant à l'atmosphère grouillante de la capitale, un silence feutré. Les immeubles s'illuminent de mille feux dans chaque appartement. La fumée sort des toits de Paris.

La magie de Noël s'empare de la plus belle ville du monde. La rue de Lévis s'est transformée en un marché de Noël avec des vitrines animées, des petits chalets devant les boutiques pour la livraison des bûches et desserts glacés. Les écaillers, déguisés en Père Noël, ont installé leur étal dehors… Des spectacles de rue égayent les longues séances shopping à l'approche du 25 décembre.

LES BISCUITS DE NOËL

12.

Réveillon - Jour J !

Dave a réussi, encore une fois, à créer un univers onirique autour de la magie de Noël. Il contemple son œuvre fièrement. La maison rutilante est prête à accueillir la nouvelle famille de Greg.

— J'espère qu'ils ne vont pas nous gâcher la fête, ceux-là ! s'inquiète-t-il, peu sociable. On est bien, entre nous !

L'interphone annonce l'arrivée de quelqu'un.

— Déjà, s'écrie Tania en réglant les derniers détails de l'organisation de la table.

Elle applique le protocole « un homme, une femme », en évitant de placer les couples côte à côte. Greg a mis en avant la situation sociale des parents de son amoureuse. Il ne s'agit pas de passer pour des ploucs et de faire honte à son fils chéri.

— C'est moi ! Tu viens m'aider ? Je suis chargée, crie-t-on

à l'interphone.

— Ah ! C'est Gan Gan, dit joyeusement Greg qui descend comme une tornade pour aider sa grand-mère.

Ils reviennent tous les deux, les bras chargés de cadeaux et de nourritures diverses que la première convive énumère joyeusement :

— Des truffes au chocolat… Des pâtes de fruits que j'ai faites moi-même, des blinis… Des cookies au chocolat blanc et noir… Des biscuits au gingembre…

Elle termine le grand déballage en sortant d'un sac en plastique, des cadeaux rouges et dorés qu'elle dépose au pied du sapin. Chacun porte une étiquette avec un prénom.

— Trop forte Gan Gan ! T'as respecté le code couleur de papa. Il t'aurait virée sinon ! lance Greg.

— Oh Maman ! Tu es gentille ! Il fallait rien amener. On a déjà tellement de choses.

— On ne se refait pas ma chérie. Je ne sais pas ce que c'est d'arriver les mains vides quand je suis invitée.

Les convives ont reçu par mail, une invitation leur demandant de respecter le dress code :

Christmas Party
Rejoignez-nous !
Mardi 24 décembre
Dès 19h00
Dress Code : Rouge et Doré
Famille Cooper 10 Rue de Lévis

Gan Gan, la sexagénaire, arbore une robe à corset léopard rouge avec un gilet de strass doré. Ses cheveux décolorés sont retenus en un chignon blond platine.

— Il faut reconnaître que tu portes bien cette tenue. T'as une silhouette de gamine, lance Tania à sa mère.

— Merci ma chérie. Bon ! Passons aux choses sérieuses !

Je peux aider ?

— Non ! Tout est prêt, répond le maître de cérémonie fièrement.

L'appartement croule sous les objets et la décoration. Il faut se frayer un passage pour circuler dans ces 70m2.

— T'es trop belle, Gan Gan ! dit Greg en prenant le bras de sa grand-mère et en la faisant danser.

— Oui… Euh ! T'aurais pu être plus discrète ! On a du monde, précise Tania.

— Quoi ? Tu n'aimes pas ? T'es rabat-joie ! On dirait une vieille fille, répond Micheline Lellouch, blessante sciemment par des piques incisives envers sa fille.

Dave présente Paul à sa belle maman.

— Il s'est tapé l'incruste. C'est mon meilleur pote. Il passe Noël avec nous. Je n'allais pas le laisser seul à Noël.

— Il n'y a rien de plus déprimant que de passer les fêtes de Noël seul, confirme Paul, la larme à l'œil.

Il se fait interrompre par Dave, à la narration de ses tourments conjugaux.

— Bon ! Ecoute, tu vas essayer d'oublier ça ce soir, d'accord ? On est là pour rigoler et festoyer !

— Oui ! T'as raison !

La mère de Tania, Micheline, s'est lâchée depuis son veuvage. Elle s'est complètement métamorphosée, devenant méconnaissable pour les siens. Au début, Tania manifestait son désaccord. Puis elle s'y est faite, estimant que le bien-être de sa chère maman était prioritaire. Aujourd'hui, avec le grand bouleversement de sa vie, Tania se montre encore plus indulgente avec elle. Elle a droit au bonheur !

Micheline se met à observer Tania, interloquée. Elle n'a

jamais été aussi sublime.

— Moi, j'ai peut-être changé… Mais toi c'est encore plus spectaculaire ! Que t'arrive-t-il ? Ce qui est sûr, c'est que t'es mieux en fille qu'avec tes jeans infâmes !

— N'exagère pas ! Pour travailler, jeans tee-shirt, c'est l'idéal. Je ne vais pas travailler en robe à paillettes.

— Oui mais quand même, dis-moi tout, insiste Micheline en entraînant son unique fille vers l'atelier, seul endroit isolé de l'appartement.

Elle touche sa robe en s'émerveillant de l'étoffe avec un œil d'experte. Elle était couturière durant des années. Elle a dû renoncer à sa passion à cause d'une macula soudaine qui a diminué sa vue.

— C'est une robe de luxe, ça ! Elle vient d'un grand couturier ! Tu as gagné au Loto ? C'est une avance sur recettes de ton livre ?

— T'es bien curieuse ! C'est dingue ça ! Je fais ce que je veux. Si je veux m'offrir des fringues haute couture, j'ai le droit.

— Cette soie est si légère. Quelle merveille ! Et cette couleur flashy, j'adore ! Tes cheveux blond vénitien sont mis en valeur avec cette couleur rouge.

Sceptique quant à la réponse de sa fille, Micheline la fixe de son œil inquisiteur.

— Allez dis-moi ! Avoue… Je suis sûre que quelque chose a changé.

Tania ne craquera pas. Pourtant, elle aimerait se confier à quelqu'un, pouvoir raconter ce qui la fait vibrer et cette révolution dans sa vie. Micheline serait effarée de savoir qu'elle a revu Christophe. Elle lui a toujours dit que s'il revenait un jour, elle lui tomberait à nouveau dans les bras.

— Vous deux, c'est pour la vie ! disait-elle toujours.

Les années défilant, elle a perdu de vue cette éventualité. Elle s'entend bien avec Dave, bien plus qu'avec Christophe à l'époque. Qui ne s'entend pas avec Dave ? Il hait les conflits et acquiesce toujours à tout ou plutôt approuve et n'en fait qu'à sa tête.

Tania n'en revient pas d'arriver à garder le mutisme total par rapport à sa love story. C'est son secret le mieux gardé. Elle qui a toujours du mal à tenir sa langue ne s'est pas faite prendre en flagrant délit de mensonges ou de non-dit.

*

Tania a scrupuleusement rangé son univers à elle, rien qu'à elle. Aucun objet apparent ne traîne, contrairement à l'habitude. Un immense carton à élastique a permis de bloquer correctement ses travaux. Ordinateur éteint, cahiers Moleskine fermés et empilés les uns sur les autres, multiples crayons dans d'énormes pots à confiture… L'atelier d'artiste prend des airs de bureau de secrétaire. Il est possible que les invités veuillent visiter son espace privilégié, alors Tania veut être irréprochable.

Dave est craquant avec sa silhouette total look noir, chemise, pantalon, chaussures vernies. Côté thème, il fait un sans-fautes avec un coquelicot rouge en guise de pochette et un chapeau melon doré, déniché dans un magasin de farces et attrapes.

Greg, heureux de sa trouvaille, a sauté sur une chemise rouge à impressions dorées, dans un grand magasin.

Ces couleurs apportent une mode réjouissante et chacun s'en félicite.

Tania se sent tellement loin de tout ça. Elle pense à Christophe en permanence. Lui aussi va fêter le Réveillon de son côté. Ils seraient si bien ensemble !

Dave passe en cuisine. Il dispose sur le plan de travail, tous les produits d'exception qu'il a sélectionnés pour ce dîner gastronomique de haute volée. Foie gras, homard, pintade de Noël… tous aux labels prestigieux, AOP, AOC, IGP... Le tout arrosé de Champagne et de Pommard Cuvée William, sa préférée.

— Dis donc, vous avez mis les petits plats dans les grands, mon cher gendre !

— Comme d'habitude, Micheline ! A Noël, je veux en mettre plein la vue ! Et la nourriture, c'est aussi important que la déco, non ?

— Tout à fait d'accord ! Je la mettrai numéro 1 des priorités. Ensuite, les cadeaux. En dernier, la déco.

— C'est un tout ! Rien ne doit passer à la trappe pour moi !

— En tous les cas, bravo ! C'est une belle réussite !

A Noël, Dave veut du bluff, des paillettes dans les yeux et des étoiles partout, même dans l'assiette… Il est certain de séduire ses convives, même les inconnus, avec son menu trois étoiles.

*

Arrivée au sommet

Il est 19h30 quand l'interphone sonne de manière répétée et ininterrompue, suscitant l'agacement de Dave.

— Non mais Oh ! Ils vont se calmer ! C'est qui, qui sonne comme ça ?

— Coucou, c'est moi Greg. Nous ? plutôt ! Tu nous ouvres ? lance la voix de la pétillante amie de Greg, surexcitée à l'idée de ce grand moment.

Greg lui répond tout aussi gaiement et ouvre grand la

porte. L'ascenseur arrive avec les trois invités de ce Noël exceptionnel. Les trois hôtes sont plantés au garde-à-vous à l'entrée de l'appartement.

Tania croit s'évanouir en voyant le père de Mini Tania.

— Mais, c'est toi Tania ? … lance la femme à ses côtés, troublée par la vue qui s'offre à elle.

Mini Tania, flanquée de ses parents, semble interloquée. Elle ne comprend rien à ce qui paraît être un malaise pour sa mère et une satisfaction pour son père.

Tania, effarée, n'arrive pas à prononcer le moindre mot.

Christophe et sa femme, Gina, sont plantés devant elle, les bras chargés de cadeaux. Christophe, tout sourire, affiche un aplomb incroyable :

— Ah ben ça ! Pour une surprise, c'est une surprise ! Une excellente surprise… Je dois dire.

— Je peux savoir ce qui se passe ? s'inquiète Dave, déçu que personne ne s'esclaffe devant sa féerie de Noël.

Tania tente de reprendre ses esprits. Elle respire très fort pour appliquer les bases du yoga et de la zen attitude. Elle aiguise sa voix qui apparaît cassée au premier son, par l'émotion.

— Christophe et Gina étaient à l'école à Lyon avec moi, au collège et au lycée.

— Ah bon ? Mais c'est dingue ça ! Et toi Greg, t'en savais rien ?

— Ben non ! Tu penses bien, j'en aurais parlé !

— J'ai juste dit que mes parents étaient de Lyon, précise Mini Tania. Mais pour le reste, je ne pouvais pas deviner que nos parents étaient amis d'enfance. Les probabilités étaient quand même réduites…

— En plus, vous avez appelé votre fille comme ma femme… C'est en souvenir d'elle ? demande Dave.

— Je n'ai pas choisi, répond Gina contrariée. J'avais demandé « Kim ». Et Christophe en a fait qu'à sa tête en déclarant le bébé à la mairie. Il l'a appelée *Tania*, second prénom *Kim*. J'étais furieuse mais c'était trop tard. Je n'ai pas pu changer.

— Je m'en doute, ponctue Tania. Tu ne m'aimais pas beaucoup.

— Bon ! lance Micheline. Les enfants ! Si on pensait à Noël ?

Micheline se souvient évidemment de l'histoire d'amour passionnelle entre Christophe et sa fille. Elle se rappelle aussi de la méchante Gina qui n'avait pas d'amis et qui détestait sa fille. Mais ce qu'elle ignore, c'est que Tania et Christophe se sont revus et qu'ils ont « remis le couvert » comme elle dirait.

— Oui ! Madame, vous avez tout à fait raison, répond Christophe aux anges de passer finalement la soirée avec l'amour de sa vie.

Ils se dirigent vers le coin salon. Dave s'affaire avec ses nombreux plateaux et multiples verrines. Il sort ses sauces du frigo, fait frire certains amuse-gueules pour plus de croustillant.

Tania se dit qu'elle va devoir se contrôler toute la soirée avec des « comme si ». *Comme si* elle ne l'avait pas revu. *Comme si* elle n'avait pas de sentiment pour lui. *Comme si* ce n'était pas lui son éditeur… Ce dernier point la turlupine d'ailleurs. Forcément à un moment donné, ça se saura. Ils seront alors pris en défaut et se verront dans l'obligation d'avouer la vérité.

Christophe affiche des égards envers sa femme ce qui agace profondément Tania. Il l'invite à s'asseoir avant de le faire lui-même. Il lui propose un en-cas avant d'en choisir un.

Savoir-vivre ou attachement ? Tania l'observe attentivement. Elle va connaître la vérité. Il ne peut pas tricher. Peut-être lui a-t-il raconté des histoires pour la rouler dans la farine. Ils semblent s'entendre parfaitement tous les deux. Leur fille, elle, n'en a que pour son « paaaapaaa ». Elle l'embrasse, le colle, lui sourit… Un Œdipe caractérisé qui a tout pour déplaire à Tania, jalouse de tout.

— Ça se mange, ça ? lance Greg en prenant des fleurs qui colorent le plateau.

— Oui ! C'est des fleurs comestibles, répond Dave.

Dave, le naïf, est à cent lieues de la vérité. Il ne s'est même pas rendu compte du trouble de Tania et surtout de son silence. Elle, d'habitude à l'aise en toutes circonstances, ne prononce pas un mot. Elle s'est installée dans un fauteuil à part, à l'extrême de celui de Christophe.

Gina est assise à côté des jeunes. Dave, lui, reste debout pour servir. Il discute avec gaieté, appuyé contre la cheminée. Il n'a jamais été aussi prolixe.

Greg le charrie gentiment :

— Mon père a croisé Mathilde Seigner, un jour, à un feu rouge. Sachez qu'il nous raconte cette anecdote à tous les Noëls. Alors je le devance.

Déclenchement de fou rire dans l'assemblée qui se découvre peu à peu et se lâche dans des confidences du quotidien.

Christophe lance des regards enamourés à Tania qui fait mine de ne rien voir. Elle évite scrupuleusement son regard. La soirée s'achemine pour être la plus longue de sa vie.

— Le dressage, c'est capital ! lance Dave.

— En tous les cas, c'est magnifique ! Vous avez un bon traiteur ? demande Christophe étonnamment décontracté, vue la situation.

— Pas du tout ! C'est moi qui ai tout fait ! répond Dave en

gonflant le torse.

— Il est aux fourneaux depuis plus d'un mois ! enchaîne Micheline.

Christophe a opté pour le pull de Noël. Tania a failli mourir de rire en voyant son cerf aux immenses cornes.

— Il a cru que c'était la soirée du pull moche de Noël, a remarqué sa fille qui a surpris l'air ironique de Tania.

— Vous vous la jouez Mark Darcy dans *Bridget Jones*, ou Bridget elle-même ? a ajouté Dave pour enfoncer le clou.

— C'est le seul vêtement rouge et doré que j'ai pu trouver ! a-t-il rétorqué en baissant la tête pour contempler son pull sans le renier.

— Etrangement, même vêtu ainsi, Christophe est divin, se dit Tania. Il est si élancé, si sûr de lui. Comment pourrait-il être ridicule ? C'est impossible !

— Merci d'avoir respecté le dress-code en tous les cas ! C'est cool ! dit Dave, de peur d'avoir vexé son invité.

— C'est normal ! Avec tous les efforts que vous avez faits… Nous, on met les pieds sous la table…

Ainsi Tania apprend que Christophe a appelé sa fille comme elle. C'est déjà en soi une preuve manifeste de son amour pour elle, resté intact.

Elle s'en veut de ne pas avoir cherché à le revoir. Baisser les bras, ce n'est pas son genre, pourtant. Son destin aurait été complètement différent. Celui de Christophe, aussi.

Ambitieux, il a bien profité de la fortune de sa belle-famille. Elle pense au roman « Les Oiseaux se cachent pour mourir », qu'ils avaient dévoré ensemble. Christophe devait déjà s'identifier au Père Ralph de Bricassart qui a choisi le pouvoir plutôt que l'amour. Quant à elle, elle se comparait à Megan, la pauvre fille déshéritée, amoureuse de Ralph et dépendante de lui matériellement toute sa vie.

Elle comprend à présent le choix de sa future belle-fille pour l'équitation. Il lui a transmis cette passion, lui qui excellait dans ce sport. Il possède des chevaux de course à présent, preuve de fortune personnelle. Elle aurait pu deviner, avec toutes ces similitudes, qu'il y avait un lien entre elle et son amoureux d'enfance. Elle a vraiment manqué de jugeote ! Cela lui aurait permis d'éviter cette invitation malsaine.

Greg et Mini Tania s'embrassent sur la bouche sans vergogne, provoquant la gêne de leurs parents. Micheline fait le reproche à Greg en catimini. Il retire donc la main de sa copine respectueusement.

— Alors comme ça, nos enfants sont amoureux ? lance Gina pour parler d'autre chose.

— On a un truc à vous annoncer, dit Greg en se levant et en demandant à sa copine d'en faire autant.

Greg intime à tous, l'ordre de se taire. Il baisse la musique de fond qui diffuse des chants de Noël. Il respire un grand coup, se tient droit comme un *i* et déclame d'un ton solennel :

— Voilà !... Euh… Mini Tania et moi, on va vivre ensemble. On a trouvé un studio. Avec mes petits boulots et son argent de poche, on a de quoi payer le loyer. Bref ! On va se débrouiller.

Tania manque de s'étouffer ! C'est la situation la plus inconfortable du monde. S'ils apprennent sa relation avec Christophe, tout risque de partir en éclats. Greg la haïra de marcher sur ses plates-bandes, de mettre le désordre dans sa belle-famille. Que dire de sa copine qui lui en voudra d'avoir détruit le couple de ses parents ? Elle sera la pestiférée de l'histoire. Elle ne peut pas assumer ça. Ce serait trop grave pour Greg, son fils adoré. Il a toujours été sa priorité.

Aujourd'hui qu'il pourrait être autonome, il trouve le moyen de fréquenter la fille de son amoureux. C'est un truc de dingue ! Quelle malchance ! Comment se dépêtrer d'un tel embrouillamini ?

Gina n'en finit pas de vouloir aider Dave dans la cuisine. Lui qui déteste avoir quelqu'un dans les pattes quand il prépare à manger, ne sait pas comment s'en dépêtrer.

Dès qu'elle se lève, Christophe en profite pour rejoindre Tania qui l'évite soigneusement. Elle craint tant que son entourage détecte son émotion. Elle entend battre son cœur avec un mélange indissociable d'émotion et d'inquiétude. Ce mauvais coup du destin bouscule ses perspectives. Dave croira qu'elle a tout manigancé, prémédité. Elle ne veut pas ça. Elle a toujours été honnête. Ils se sont toujours respectés mutuellement. Si elle ne l'aime plus d'amour, elle est attachée à cet homme, irréprochable en soi.

— Tu es sublime, lui chuchote Christophe dans l'oreille.

Tania pique un fard et fronce les sourcils pour lui demander de se taire.

— Je meurs d'envie de t'embrasser, poursuit-il, têtu.

Tania l'aime tellement ! C'est horrible de passer une soirée à ses côtés, si près et en même temps si loin de lui. La seule odeur de son parfum la fait chanceler. C'est fou de ressentir un tel émoi pour quelqu'un. Tania a vécu sans amour tout au long de ses années avec Dave. La priorité était de s'en sortir et même de manger à sa faim. Les effusions du début ont laissé la place à un désert affectif, compensé par sa proximité avec son fils Greg.

Elle avait enseveli au fond d'elle, cet amour d'enfance si fort et si intense que rien ne pouvait remplacer. Aujourd'hui, comme une seconde chance, il réapparaît. Comment passer à côté de ce miracle de la vie ?

Tania a toujours cru qu'elle était protégée. Un ange gardien veille sur elle. En cas de grosse crise, le destin est toujours venu à son secours. Seul hic, l'amour n'était pas au rendez-vous. Aujourd'hui, il lui emmène le bien le plus précieux au monde, l'amour, la passion même, ce sentiment incomparable qui fait qu'on peut tout oublier pour l'être aimé.

Elle se mord les doigts de l'avoir abandonné après son déménagement. Elle aurait dû garder le contact plutôt que de croire aux rumeurs sur son mariage réussi avec Javotte. Elle aurait pu réfléchir et comprendre que cette entente était impossible. Il l'a épousée par dépit. D'ailleurs, il la trompe à tout va. Avec elle, il aurait été fidèle.

*

Le dîner de fêtes

Ils sont enfin tous installés à la magnifique table de fête. Tania et Christophe sont assis aux deux extrémités. En maîtresse de maison, elle est venue discrètement changer l'ordre des marque-places. Greg et Mini Tania ont refusé de se séparer, bien que Dave ait expliqué que c'était la « règle du jeu ».

A gauche, on trouve Micheline – Dave – Gina et Tania en bout de table.

A droite, Greg – Mini Tania – Paul et Christophe en bout de table.

— Les festivités sont ouvertes ! lance glorieusement Dave, après avoir servi de multiples entrées.

Les convives consultent le menu qu'ils ont sous les yeux. Ils sont interloqués par le premier plat.

— Bouillon aux huîtres et saké ? Waouh ! Je n'aurais pas

deviné, remarque Christophe.

— Une manière de faire voyager nos sempiternelles huîtres, répond habilement Dave.

Il y en a pour tous les goûts. Des langoustes, du homard, des médaillons de foie gras, des dips ultra-chics dans des bols avec des légumes en lamelles, des tartinades épaisses… En tout, une ribambelle de saveurs et de couleurs. En bonus, du beurre salé accompagné de toasts et de pains de toutes sortes, aux noix, aux raisins, complet, de seigle, de campagne…

— Pour ne pas trouver son bonheur dans tous ces plats, il faut être difficile, déclare Gina qui dévore littéralement avec un appétit féroce.

— Si elle savait… pense Tania qui n'a pas faim.

Elle ne parvient rien à avaler. Pour ne pas se faire remarquer, elle se sert de toutes petites portions qui videront son assiette plus rapidement.

Dave a dressé une table féérique pour mettre des étoiles dans les yeux des grands et des plus jeunes. Tania a le cœur brisé à l'idée de le peiner. Persuadée qu'il n'acceptera pas de rupture, elle se dit qu'il sera encore moins conciliant après cette soirée inouïe.

Dave et Christophe s'entendent à merveille, ce qui embarrasse encore davantage Tania. Elle a l'impression encore plus de le tromper. Elle préfèrerait qu'ils n'accrochent pas tous les deux ou au moins qu'ils soient distants. Au lieu de cela, ils rient comme larrons en foire.

Le Champagne a coulé à flot à l'apéritif. 4 cadavres gisent sur la table du salon. Le repas s'arrose de Pommard, cher à Tania qui n'aime QUE ce vin rouge.

Elle reçoit un texto. Elle a laissé son portable bien aligné aux couverts et surtout au vu de tous. Elle n'a pas l'habitude de se cacher. Dave ne l'espionne jamais, ne fouille jamais dans ses affaires. Un cœur bien rouge qui s'envole avec mille autres petits cœurs rouges apparaît sur l'écran lumineux. Sa voisine Gina commente en se penchant, curieuse, vers le message :

— Des cœurs… Hummm... Tu en as de la chance. Moi ça fait un bail qu'on ne m'a pas envoyé de cœurs ! dit-elle, en fusillant du regard, son mari.

— Euh… répond Tania en cachant son téléphone sous la serviette.

— De « Editeur » ? poursuit Gina, avec insistance. Ton éditeur t'envoie des cœurs, ben dis-moi c'est de l'amour ça, c'est plus du boulot.

Tania, rouge cramoisie, tente de bafouiller des justifications.

— Il est comme ça. C'est un vrai gosse ! A propos, vous voulez que je vous montre mon dernier livre ? lance-t-elle pour détourner l'attention.

Dave, par bonheur, n'avait pas prêté attention aux remarques indiscrètes de Gina, toujours aussi peste que du temps de l'adolescence.

Christophe joue avec le feu. Elle lui en veut de cette provocation. Elle abhorre ce genre de situations. Tromper son mari, sous ses yeux innocents, est insupportable pour elle. Christophe semble baigner dans cette ambiance vaudevillesque. Il paraît même émoustillé, multipliant les risques.

Un plateau de fromages affinés fait une arrivée remarquée sur la table. Il est déjà 23 heures. Ils sont à table depuis 3 heures. Les esprits s'échauffent, aidés par l'alcool et la chaleur. Le bois dans la cheminée crépite. Cette soirée pourrait être un moment de bonheur extrême sans le bouleversement de Tania.

Des banalités, des histoires drôles, des recettes inédites jalonnent leurs échanges animés, sans confessions ni débats personnels. Et c'est tant mieux pour Tania qui guide la conversation vers des sujets futiles de peur d'être démasquée.

Christophe parvient à changer de place en bousculant tout le monde pour se précipiter… à côté d'elle ! Il lance :

— Mixer maintenant !

Les convives se regardent perplexes. Et Christophe de leur expliquer le sens de cette danse collective américaine dans laquelle les danseurs changent continuellement de partenaire, pour pouvoir tous se rencontrer. Une sorte de speed dating.

— C'est le quart d'heure américain, en fait ! enchaîne Gina.

Heureux de ce brassage, Christophe se félicite de son idée lumineuse car chacun n'y a vu que du feu. Les rires fusent. Greg a même accepté de se séparer de sa petite chérie qui s'est retrouvée entre Micheline et Paul, ravi du changement. Christophe est comme aimanté à Tania. Comment ne pas pouvoir la toucher, sentir son odeur fraîche et fruitée ?

Une bûche, roulée à la crème de marrons et au chocolat, fait une entrée fracassante sur la table impeccablement rangée par Dave, au fur et à mesure du service. La cuisine est à l'image de la table. Son défi est qu'au départ des invités, rien ne traîne ! Boules châtaignes-amandes au rhum, glaçage au chocolat et mini meringues à la menthe complètent le dessert royal.

— Elles sont mignonnes comme tout, ces mini meringues à la menthe. Elles égayent la table des fêtes, dit Greg.

— J'ai gardé une place pour le dessert, annonce Gina qui a

fini toutes ses assiettes avec un appétit gargantuesque.

Tania trouve décidément qu'elle n'a aucune éducation. On dirait qu'elle n'a rien mangé depuis des mois. Cette attitude incorrecte est surprenante d'autant qu'elle vit dans un univers quasi monarchique avec des serviteurs en uniformes et des mondanités multiples.

— Quand on n'a pas la classe, on n'a pas la classe, chuchote Greg dans l'oreille de sa mère qui fait mine de n'avoir rien entendu.

Tania comprend à présent pourquoi Christophe est revenu vers elle et pourquoi il la trompe à tire-larigot. Cette Gina est vide, peu attachante, dénuée de tout intérêt. Evidemment, la richesse l'a rendue coquette et lui octroie même une certaine élégance. Elle fait illusion avec son tailleur de couturier, ses bijoux de luxe et son brushing sophistiqué. Mais ses traits sont disgracieux. En plus, elle n'a pas perdu son tic d'enfant qui énervait prodigieusement ses copains de classe et les professeurs. Elle répète tout, deux fois, la deuxième phrase étant comme une ponctuation de la première. Pendant le dîner, avant d'enchaîner sur la moindre répartie, chacun attend donc patiemment la répétition. Ridicule, voilà le terme qui la caractérise. Tania se serait bien passée de la revoir.

Christophe surprend Tania par son attitude avec sa femme légitime. Il lui témoigne une correction mêlée d'une indifférence odieuse. Elle ne reconnaît pas son amoureux si attentionné et affectueux avec elle. Il semble avoir une double personnalité. Pourquoi ne pas se séparer de cette femme encombrante ? L'argent est-il si important pour lui ? Il préfère renoncer à son intégrité pour conserver son niveau de vie. Pitoyable ! Comment peut-il se regarder dans la glace en restant avec une femme qu'il méprise à ce point ?

Et Gina, comment peut-elle accepter ce comportement ? Elle semble ne pas se rendre compte de son dédain. Sa stupidité légendaire se confirme. Ou bien est-elle maligne ? Elle le garde à elle de cette manière. Elle semble folle de lui, l'appelle « Mon amour » à tout bout de champ. Elle y va de ses mots doux, aussi tendres que ridicules et désuets comme « Chouchou » « Mon lapin » et même « Lapinou de ma vie ».

Elle a peut-être raison car c'est elle qui gagne. Tania ne le possède pas. Il appartient à Javotte depuis plus de 20 ans et lui a même fait un enfant. Il a donc bien couché avec elle, au moins une fois. Leur fille n'est pas née de l'opération du Saint-Esprit. Elle se surprend à parler de Christophe comme d'un objet.

— Et maintenant, voici le spoom en Champagne ! annonce Dave.

Il brandit de magnifiques assiettes en argent qu'il pose devant chaque invité. Il veut achever de les bluffer avec ce dessert composé de sorbet au Champagne mélangé à de la meringue italienne.

— C'est mon dessert givré, ajoute-t-il avec humour.

— C'est toi qui es givré, lui lance Greg. On n'en peut plus de manger ! Tu as vu tout ce que tu as fait ?

— Veux-tu avoir un peu de respect pour ton père ? dit Tania, honteuse qu'il ait un tel comportement avec Dave devant des étrangers.

*

Minuit pile

Dave s'empare de la télécommande. Il déclenche le clou de la soirée. Tout l'appartement s'illumine en même temps, sapin, décorations, guirlandes… Quel Noël féerique ! Les invités restent bouche bée devant autant de talent, digne des plus célèbres parcs d'attraction et des plus grandes capitales du monde.

La frénésie du dîner et de ce feu d'artifice laisse place à l'impatience d'ouvrir les cadeaux. Des dizaines de paquets jonchent le pied du sapin. Certains sont même empilés les uns sur les autres. Chacun sélectionne les siens grâce à des étiquettes écrites à la main avec les prénoms. Le dépouillement s'accompagne de cris de joie et de stupéfaction.

Greg s'émerveillait d'une pièce entière de cadeaux quand il était petit. Rite qui a duré jusqu'à ses 14 ou 15 ans. Ensuite, ses parents sont passés aux cadeaux moins nombreux mais plus coûteux, guitare Gibson, voyage (le tour d'Europe en train)… La seule chose qu'ils ont toujours refusée, c'est d'offrir de l'argent, une « enveloppe » comme disent la plupart des gens. Ce choix gâcherait le plaisir de chercher, de choisir, de préparer la surprise. Cette année, il a commandé un ordinateur portable, le sien étant en rade. Même dans les périodes de famine, ses vœux ont toujours été exaucés. Quitte à travailler jour et nuit, Tania voulait absolument faire plaisir à son fils chéri.

Chez les Cooper, chaque Noël se ressemble, tout en marquant sa différence. La phrase « On mange quoi pour les fêtes ? » revient comme un leitmotiv tous les ans. A Dave, la tâche de cuisiner en les étonnant. A Tania, la mission d'acheter les cadeaux. Et ils réussissent le challenge d'épater la galerie systématiquement.

Tous les trois doivent faire honneur à chaque plat, chose ardue sachant le nombre de mets qui se succèdent, plus délicieux les uns que les autres. Des classiques revisités, des nouvelles recettes, des saveurs du monde pour booster les papilles. Ils mettent en scène ces Noëls comme une étape précieuse de chaque année qui passe.

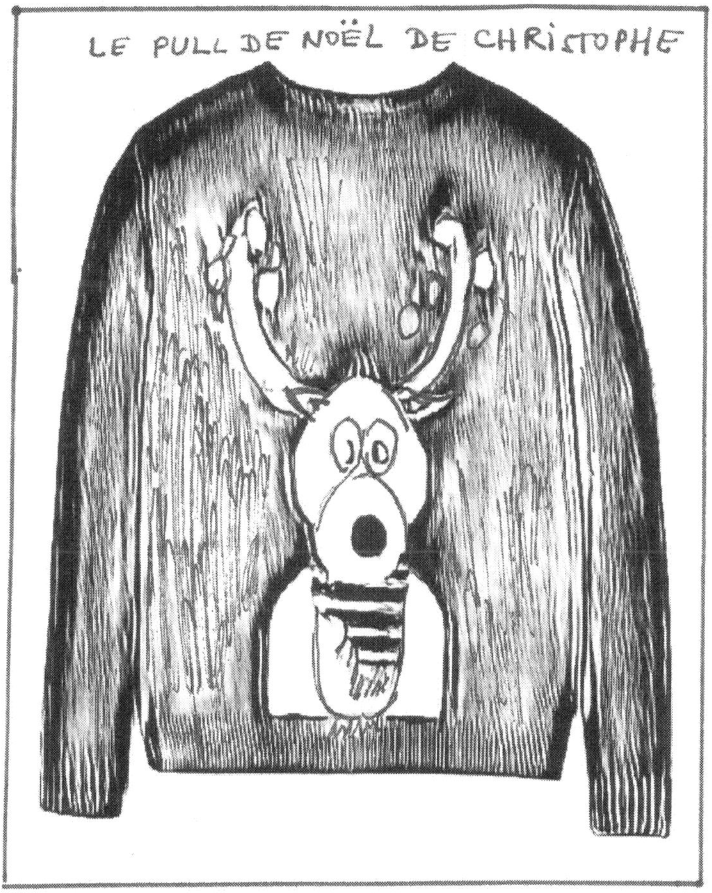
LE PULL DE NOËL DE CHRISTOPHE

13.

6 janvier - Stand by !

Tania observe son téléphone d'un air lointain, la tête ailleurs. Les textos de « Editeur » alias « Christophe » déferlent mais restent sans réponse de sa part depuis le fameux réveillon du 24 décembre.
Réponds-moi
Je t'en prie

J'y suis pour rien
Je ne pouvais pas deviner

C'est leur vie
Tani répond je t'en prie

Elle a pris la décision radicale de ne plus voir Christophe. Elle ne peut pas détruire la jolie histoire de Greg avec cette fille hors normes, adorable et fougueuse. Ils seront amenés à se revoir entre famille et belle famille, peut-être pour des fiançailles ou un mariage. S'ils ont un enfant, que pourra-t-elle expliquer à son petit fils ou à sa petite fille ? Décidément, son amour avec Christophe est impossible.

Elle en est meurtrie. Elle est en manque de lui. Chaque jour lui semble une éternité. Elle attend. Voilà, c'est ça ! Elle est dans l'expectative. De quoi ? Elle n'en sait rien. Quelle mauvaise idée d'avoir quitté son éditeur pour rejoindre la holding de Christophe ou plutôt des parents de Gina.

Elle tente de contacter de nouveaux éditeurs. Sans succès. Avoir démissionné des précédentes éditions qui la suivaient depuis des lustres, lui a donné une mauvaise image. Elle a relu le contrat blindé de son nouvel employeur. Pour les quitter, elle devrait justifier d'une faute grave qu'ils feraient. Autant dire que c'est mission impossible.

Elle a été amenée à les joindre, il y a deux jours, pour une interview d'un journaliste. Elle a demandé le Chargé de Presse. Eviter Christophe va être très difficile. Il a bien calculé son coup. Elle se sent emprisonnée, sous son joug. Un sentiment paradoxal pour elle qui l'aime tant. Tania est partagée entre son amour fou pour lui et sa rancœur de l'avoir manipulée pour la posséder.

Elle sait que Christophe est victime de la faute à « pas de chance » comme elle. Elle ne l'accuse de rien. Elle ne peut simplement pas avoir une relation avec lui.

Elle le désire moralement et physiquement. Leur union fusionnelle est un miracle qui leur a été offert dès l'enfance. Passer à côté une deuxième fois, serait un crime de lèse-majesté. Mais alors pourquoi le destin leur met-il des bâtons dans les roues au moment de cette seconde chance ? Serait-ce une épreuve ? Ils doivent peut-être mériter cet amour.

Son être tout entier vibre chaque jour, de plus en plus, de

ce sentiment amoureux avec des papillons dans le ventre. Christophe lui a fait connaître une chose exceptionnelle : se sentir regardée comme personne ne se sent regardé. Leur intimité est à l'égal de cette complicité intellectuelle. Il lui fait atteindre le paroxysme du Bonheur absolu, une plénitude inimaginable.

En se raisonnant, Tania se dit que cette période idyllique était une bénédiction. Et même si elle ne devait que se conjuguer au passé, c'est déjà une chance de l'avoir vécue.

Elle découvre les joies du vélo électrique. C'est le superbe cadeau que Dave lui a fait, suscitant l'étonnement de tous les convives. Il n'a pas raté son effet. Il l'a fait livrer, avec brio, vers 22 heures bien emballé malgré sa taille.

— La grande classe, avait commenté Gina, très jalouse de ce geste amoureux.

Elle arborait pourtant une magnifique bague avec un saphir serti de diamants, offert discrètement par Christophe avant d'arriver chez ses hôtes. Mais elle a passé la soirée à tendre la main pour la faire admirer.

*

Balades en vélo électrique

Commencer la journée par une flânerie en vélo électrique dans les rues de Paris, descendre la rue de Lévis jusqu'au Parc Monceau, longer le jardin du Luxembourg cher à leurs étreintes avec la Tour Eiffel au loin, c'est un peu les vacances. De quoi recharger les batteries avant de s'enfermer dans son atelier.

Tania accumule les carnets Moleskine à dessin. Elle s'est lancée dans une nouvelle histoire avec un nouveau personnage, une amoureuse comme elle qui vit une passion impossible. Elle est partie de son journal intime qu'il est temps d'utiliser.

Depuis plusieurs mois, elle mène un véritable combat pour ne pas craquer et risquer une explosion de sa cellule familiale. Greg et sa copine vivent ensemble dans une chambre de bonne qu'ils ont aménagée avec goût. Ils pensent partir au Canada à la rentrée prochaine. Ils mettent tout en œuvre pour réaliser ce beau projet. Tania se montre admirative d'une telle force de caractère pour des jeunes de cet âge-là. Ils pourraient profiter du confort matériel que leur offrent leurs parents, surtout ceux de la copine. Il n'en est rien. Ils s'assument seuls. Leur amour leur donne des ailes. Ils fourmillent de plans d'avenir et d'un idéal de bien-être.

Tania les envie mais elle est avant tout heureuse pour son fils. Il ne fait pas les mêmes erreurs qu'elle : attendre qu'un conjoint sans ambition change de personnalité.

Résultat ! Elle en est toujours au même stade aujourd'hui, par pitié, par compassion, par manque de courage. Elle aimerait se positionner en victime mais elle devient de moins en moins indulgente avec elle-même. C'est elle, la coupable, la seule responsable, non de son malheur mais de son ennui.

Avec le départ de Greg, une chambre s'est libérée dans l'appartement. Tania se sent encore plus seule. Ses départs à la fac, leurs retrouvailles chaque soir lui manquent terriblement.

Dave est aussi absent que d'habitude depuis que ses préparatifs de Noël sont terminés.

Elle pourrait avoir une relation parallèle sans que

quiconque ne s'en soucie. Et pourtant, elle ne le peut pas. Quelle sinistre malchance !

*

Le destin s'en mêle

Ce que Tania ignore, c'est que le hasard va, comme souvent, venir à sa rescousse.

Deux mois se sont passés. Tania attend avec impatience sa saison préférée, le printemps. C'est aussi la saison de l'amour. Chaque année, dès le mois de mars, sa période d'anniversaire, son corps se transforme. Elle cultive l'art de la métamorphose comme si son corps se renouvelait. Elle passe de la chrysalide au papillon. Chaque personne a une saison. Tania, c'est le printemps. Elle se sent régénérée, prête à toutes les nouveautés. Jusque-là, elle n'a pas été tentée par les expériences amoureuses qui s'offraient à elles, nombreuses. Mais aujourd'hui, son cœur brûle de son amour pour Christophe.

Il a renoncé à lui écrire. Il a dû tourner la page, passer à autre chose, retourner à ses infidélités et rentrer chez sa mégère de femme chaque soir ou presque.

Quelle tristesse ! En plus, elle s'auto-flagelle et s'en veut d'avoir mis des distances. Et pour cause ! Christophe n'est pas du genre à forcer quelqu'un. Si elle dit non, c'est non !

Elle aurait préféré ne jamais le revoir. Cette rencontre romanesque l'a bouleversée à tout jamais. Elle a chamboulé ses certitudes ou plutôt ses habitudes confortables. C'est clair qu'il n'a jamais été fastoche pour elle de décider, de bousculer les événements et les habitudes confortables. Elle a cru, comme toujours, que les décisions allaient s'imposer d'elles-mêmes. Il n'en est rien. Les semaines passent et aucun fait nouveau à l'horizon.

*

18h00 - Mercredi

Dave rentre plus tôt que d'habitude, dans un état de surexcitation intense.

— J'ai une nouvelle à t'annoncer ! Tu t'assois ?

Tania s'exécute tout en l'observant avec inquiétude. Elle se demande encore quelle idée loufoque il va avoir. Cette annonce ne présage rien qui vaille.

— Je t'écoute…

— Tu ne vas jamais deviner ? Un truc de dingue !

— Dis… C'est quoi ? Le boulot ? Tu passes directeur général ?

— Non… Oui… Enfin oui pour le premier et non pour le deuxième. Tu chauffes.

Ils jouent souvent au jeu « Tu brûles » jusqu'à ce que le joueur trouve la réponse.

— Tu as une augmentation ?

— Tu gèles.

Au bout de plusieurs suggestions, Tania capitule :

— Je donne ma langue au chat.

— Je vais prendre une année sabbatique !

— Tu vas démissionner ? Mais de quoi ? De la MJC ? Mais t'es fou ? Il est fou ! Ça y est ! Il est tombé sur la tête ! Pour une fois que tu avais trouvé un peu de stabilité !

— Calme-toi ! Je ne démissionne pas. Je me mets en disponibilité. Mais c'est contractuel. Après, je retrouve mon travail. C'est pour quelque chose de bien. J'ai les pieds sur terre. Tu me connais…

— Justement je te connais…

— Tu sais le jeune Benoît Carroux… Je t'en avais parlé. Un prodige ! La France l'a engagé dans la seule embarcation par épreuve qu'elle présente aux Jeux Olympiques d'aviron qui ont lieu en Grande Bretagne. Du coup, ils m'ont nommé comme coach. On va partir à Londres pendant plusieurs mois avec une vie de pacha, tous frais payés et un salaire de fou. T'imagines ?

— Eh ben ! Super ! bredouille Tania, perplexe devant une telle nouvelle.

— Tu viens avec moi ? Tous tes frais seront pris en charge. Ils remboursent tout pour un couple. Ils se doutent bien que je ne peux pas vivre seul pendant autant de temps.

— Quand ? Mais je ne peux pas ! Et mon travail ? Tu en fais quoi ? Moi aussi, j'ai une vie.

— Mais c'est une proposition en or ! On ne peut pas la refuser !

— OK… Ne la refuse pas !

— Et ? Et toi ?

— Moi ? Je reste là. On se téléphonera, on se verra en visio. Je ne vais pas tirer un trait sur ma carrière pour trois mois de vacances.

— Je n'y vais pas alors…

— Mais si ! Ne sois pas stupide ! On n'est plus des enfants ! Je peux survivre sans toi pendant quelques mois. Et puis j'irai peut-être te retrouver pendant les JO une semaine. Ça me tente d'assister aux JO. Je peux même te rejoindre les week-ends. Londres c'est rien en Eurostar.

*

Greg et Dave se sont donnés rendez-vous dans une brasserie rue de Lévis. LEUR brasserie. C'est ici qu'ils se retrouvent tous les trois pour la moindre occasion, anniversaires ou bonnes nouvelles. Dès qu'ils ont quelque chose à fêter, c'est là qu'ils passent un bon moment à marquer l'événement.

Le temps agréable leur permet de commander un café en terrasse. Dave veut voir son fils pour se plaindre et lui demander conseil.

— Elle ne m'aime plus.

— Qui ?

— Ta mère, pardi ! Je le sens bien. Je vais partir et elle va en profiter pour me quitter !

Greg le rassure :

— Elle ne va pas te quitter, maman. Fais un petit effort pour lui plaire. Range tes chaussettes, offre-lui des fleurs, je sais pas moi ! Sois galant !

— Mais elle n'a jamais voulu, ça ta mère ! Les fleurs, c'est pas son truc !

— Toutes les femmes aiment ça. Et puis relativise l'importance de cette séparation. Maman, c'est une indécrottable de la fidélité.

— Je sens bien qu'elle ne m'admire pas. Tiens, regarde ton beau-père. T'as vu comme elle le regardait pendant le réveillon ?

— Ah non ! Je n'ai pas remarqué… Tu fantasmes mon cher Daddy !

— Pas du tout ! Quand il rentre dans une pièce ce type, on a l'impression qu'il vient de tuer un requin pour sauver une femme et qu'il le porte sur son dos. Qu'est-ce que tu veux ? On ne peut pas lutter contre ça !

Greg s'esclaffe devant la comparaison et rit de bon cœur.

— L'image est bien trouvée. Tu sais, ma copine m'a dit qu'il trompait sa mère à tout va. Alors tu sais, c'est pas une référence, son père.

— Et comment est-ce qu'elle est au courant, elle ? Il raconte à sa fille ce genre de péripéties ? Il n'a aucune pudeur.

— Non ! Mais elle le sait… Elle l'a surpris à plusieurs reprises dans la rue et même une fois, il est rentré dans un hôtel avec une nana. Sa mère fait comme si elle ne voyait rien. Elle fait exprès. Elle a trop peur du clash. Elle le perdrait définitivement. Tandis que là, même s'il la trompe, il rentre toujours à la maison.

— Quelle vie ! Je ne pourrais pas moi ! Ni d'un côté, ni de l'autre.

— Oui… Moi non plus !

— Ah bon ? T'es fidèle, toi maintenant ? C'est nouveau ! lance, sarcastique, Dave.

— Bien sûr ! Tu crois quoi ? J'ai trouvé la perle rare. Je ne vais pas risquer de la perdre en regardant ailleurs. Et puis elle me plaît. Je suis content de rentrer le soir pour retrouver une femme avec qui je m'entends bien. On est en phase.

— J'suis content pour toi !

— On dirait qu'on est unis par les liens de sang. On est complices. Quand l'un démarre une phrase, l'autre peut la terminer.

L'harmonie que décrit si bien Greg avec son amie est identique à celle de Christophe et Tania. Il a tout compris sans avoir besoin des révélations de sa mère. En fait, ils se considèrent frère et sœur, le désir en plus. Exactement comme Christophe et Tania. Les liens de sang unissent leurs deux couples. La descendance est assurée, passant Dave et Gina aux oubliettes.

Dave consulte internet à la recherche de la définition des « liens de sang » :

Résultat d'une reproduction sexuée entre deux individus partageant un ou plusieurs ancêtres communs.

— Ils ne nous ont peut-être pas tout dit ces ceux-là, ajoute Dave en évoquant la relation de Tania et Christophe.

— Tu crois ? demande Greg évasif et désintéressé par l'inquiétude de son père.

— Oui ! Cette amitié d'enfance était peut-être plus profonde que ça. Tu sais s'ils sont sortis ensemble toi ? Elle ne t'a rien dit ta copine ?

— Non ! Et si c'était le cas, je ne t'en aurais pas parlé. Je suis pas collabo !

— T'exagères. C'est pas la guerre non plus.

— Ça pourrait le devenir. Tu ne connais pas la Guerre des Rose ?

— Le film ? Ah oui l'histoire de ce couple qui se bagarre sans arrêt.

— Voilà… Et puis il y a prescription. C'était il y a 20 ans ! Et son père est plutôt attiré par les gamines, les très jeunes filles même, d'après ce que m'a dit ma copine.

— Leurs rapports sont bizarres dans cette famille.

— Elle est très proche de son père donc il lui dit tout ou presque. Elle ne se confie jamais à sa mère. C'est rare pour une fille. En plus, Gina n'est pas du tout maternelle. On dirait même pas que c'est sa fille. Alors que son père lui fait des câlins. Il est hyper protecteur. Il s'inquiète pour elle. Une fois par semaine, il nous fait livrer des courses, t'imagines ? Il nous remplit le frigo. Il commande des choses qu'aime sa fille, du saumon, des œufs, des tomates… J'adore cette gentillesse.

— Moui… Bon ! Il est parfait ce mec, quoi ! Tu veux m'achever ?

— Pas du tout Dad. Allez je file. Rassure-toi ! Tu peux partir tranquille, je veille au grain !

Ironie du destin, Greg annonce son départ prématuré aux Etats-Unis. Exit le Canada ! Il a l'opportunité de finir son année universitaire à New York et sa copine a trouvé un stage photo chez Boo George, l'esthète spécialiste du noir et blanc.

C'est donc quasiment en même temps que Dave et Greg font leurs bagages pour rejoindre une nouvelle contrée, loin de Tania, de Paris et de la rue de Lévis.

*

Dave est parti à 4 heures du matin. Il a déposé un baiser sur la joue de sa femme, la laissant dormir. Il lui a fait promettre de penser à lui. Elle a acquiescé en bredouillant un *oui* incompréhensible. Il n'est pas parti rasséréné. Il s'est demandé s'il ne faisait pas la plus grande bêtise de sa vie.

L'avion de Greg s'envole pour New York dans 8 jours. Il vient régulièrement à la maison chercher des affaires. C'est un vrai déménagement. Avec sa copine, ils n'ont pas prévu de revenir en France avant un an au moins.

Tania a les nœuds dans le ventre. C'est la première fois qu'elle va se séparer de son fils chéri, la prunelle de ses yeux. N'empêche qu'elle lui facilite la tâche dans son entreprise. Elle lui prépare activement les vêtements d'été qu'il avait laissés à la maison. Triés, lavés, repassés, ils ne représentent plus qu'un petit paquet alors qu'ils remplissaient son placard.

*

J-1

Comme la veille d'un mariage, Greg et sa copine ont dormi chacun de leurs côtés dans leur domicile familial respectif.

Tania a vécu une soirée inoubliable aux côtés de son fils. Ils ont dû s'endormir d'épuisement vers 5 heures du matin. Ils ont papoté comme ils aiment le faire, toute la soirée et la nuit devant un plateau avion sympa (mais pas aussi succulent que ceux de ce cher Dave, si triste loin d'elle). Ils se sont confiés l'un à l'autre. Tania mourait d'envie d'évoquer l'amour de sa vie, Christophe, mais a opté pour le silence total concernant ce sujet tabou. Il ne comprendrait pas. En plus, elle ne veut pas le mettre dans une position embarrassante par rapport à sa belle-famille et à son père Dave. Elle préfère le préserver.

De toute façon, cette histoire est bel et bien enterrée. Elle n'a plus revu Christophe depuis le 24 ou plutôt le 25 décembre à l'aube, à l'heure de son départ, après ce réveillon extraordinaire. Ses textos se sont essoufflés. Elle n'arrête pas de regarder son téléphone guettant un message de sa part, en vain. Elle se dit que si elle en recevait un à nouveau, elle répondrait cette fois. Mais non, elle n'a pas pu appliquer ce vœu.

Elle a eu l'occasion de se rendre à plusieurs reprises aux Editions Crestann. Elle espérait le croiser dans les couloirs ou se faire convoquer par son secrétaire comme le jour de leurs retrouvailles. Mais Christophe ne s'est jamais manifesté. Elle se demandait s'il était parti en déplacement, lui aussi, comme Dave. Elle se souvient de ses mots à ce propos : « Je m'absente très souvent mais deux, trois jours, pas plus. » Ces voyages ne justifient donc pas ce désert pesant.

*

Le grand jour arrive !

Tania et Greg n'ont pas beaucoup dormi. Ils s'emparent tous les deux, des nombreux sacs du jeune homme, déposés dans l'entrée. Le taxi les attend. Ils bénissent l'ascenseur et se disent chargés comme des mulets.

— Pourtant j'ai pris le strict minimum.

— Tu ne vas pas au Sahara, lui répond Tania, perspicace et ayant l'habitude de voyager léger. Il y a des boutiques aux US.

— Oui t'as raison, Mum…

Le taxi les dépose à l'aéroport Roissy Charles de Gaulle Terminal 3. Après l'enregistrement des bagages, ils errent dans la zone Shopping détaxé.

— Ce n'est plus aussi intéressant qu'avant. Avec internet, on a régulièrement des prix bas. De toute façon, on ne pourra plus rien mettre dans ta valise.

— Oui ! Tu as raison… Je voulais juste faire un cadeau à ma chérie.

— T'imagines ? Ce soir vous serez à New York !

— Oui le vol dure un peu plus de 8 heures.

— Tu seras séparé de moi de 5800 km P'tit chou.

— Tu vas me manquer Mummy !

— A toi Big Apple et ses endroits mythiques ! Si ce n'était pas si loin, j'y passerais ma vie à New York ! dit Tania pour calmer l'angoisse de son fils.

Greg manifeste son inquiétude parce qu'il est sans nouvelles de sa copine chérie.

— J'espère qu'elle va pas me planter !

— Quand même ! Ce n'est pas possible de faire un coup pareil… Tu l'as eue quand, la dernière fois ?

— Avant de m'endormir… On a échangé des textos mais je ne l'ai pas eue en ligne. J'espère qu'elle n'a pas un problème.

— Elle t'aurait prévenu. Elle ou ses parents… Déstresse !

— Je n'aurais pas dû accepter de dormir sans elle, la veille du départ. Je trouvais ça bizarre aussi. Maintenant que j'y pense, c'était cousu de fil blanc. Elle a dû se dégonfler. En plus, elle déteste l'avion. Elle va inventer un prétexte mais elle ne viendra pas, tu verras…

*

Salle d'embarquement

Greg trépigne d'impatience. Il a dû envoyer une centaine de textos à sa copine, tenter de l'appeler mille fois. Il est toujours tombé sur son répondeur. New York sans elle n'aura pas la même saveur. Il aura du mal à se remettre d'un tel échec et de cette lâche rupture.

Tania se laisse aller à de mauvaises pensées inavouables. Peut-être qu'elle a appris la relation de son père avec elle. Elle aurait alors renoncé à poursuivre sa vie avec le fils d'une telle femme indigne !

Les jambes croisées, elle bat du pied sans cesse avec ses baskets neuves. La nervosité l'a envahie, la culpabilité aussi.

Tout à coup, comme dans les films, un couple père-fille fait son apparition. Effarée, Tania contemple cette scène en un ralenti cinématographique. Christophe fait rouler une valise trolley. A son bras, une jeune fille, tout de blanc vêtue, à l'allure aérienne. Ils avancent au pas cadencé vers eux. Cet effet spécial imaginé par son esprit embrumé la fige dans un silence assourdissant.

Greg se lève d'un bond. Il se précipite dans les bras de sa copine enfin retrouvée. Il la mitraille de questions voire de reproches. Elle le rassure par des baisers tendres. Ils s'expliqueront dans l'avion. Ils n'ont pas le temps pour des palabres.

Le vol est annoncé. Ils présentent leurs cartes

d'embarquement à l'hôtesse au sol, après avoir enregistré les bagages qui voyageront dans la soute de l'avion. Plan Vigipirate oblige, ils se présentent à la police avec leurs papiers d'identité et subissent un contrôle drastique. Le policier met un peu de temps pour vérifier que Greg ne figure pas sur la liste noire. La tension monte.

Rassuré, le jeune couple s'achemine vers la queue interminable pour entrer dans l'avion, après avoir embrassé affectueusement père et mère, aussi muets l'un que l'autre.

Tania éprouve une gêne non dissimulée. Elle tente de se raisonner. C'est juste son pote ! Son ami d'enfance ! Elle doit reprendre ses esprits, le remettre à sa juste place. Elle se force à l'imaginer boutonneux avec son appareil dentaire comme du temps de ses 14 ans, rien n'y fait. Son cœur bat si fort qu'elle a l'impression que tout le monde l'entend. Elle pose sa main sur sa poitrine pour le calmer. Lui, est à peu près dans le même état.

Côte à côte, debout, le cœur en vrac, Tania et Christophe observent leurs enfants s'envoler au bout du monde. Plus rien ne comptera désormais. Ils n'auront plus leur confident et leur confidente favoris pour soigner leurs maux, leurs blessures ou partager leurs joies, leurs projets les plus fous.

Un dernier regard et la file s'évanouit laissant place aux hôtesses qui rangent leurs papiers pour fermer le poste d'accueil.

— Je te dépose ? demande Christophe à Tania, la faisant sursauter.

— Non, ça va merci. Je me débrouille.

— Ne sois pas stupide, j'ai ma voiture en double file, juste devant. Je te dépose chez toi… Où tu veux. Allez ! dit-il en la devançant à grandes enjambées.

C'est toujours lui qui domine, qui dirige, qui décide. Elle s'en veut mais ne peut réagir. Ses jambes en chamallow, comme elle dit toujours, ne la portent plus. Elles tremblent à l'instar de son corps fébrile. Comment un être humain peut-il lui faire un tel effet ?

Il lui ouvre la portière. Elle s'enfonce dans le fauteuil du passager, boucle sa ceinture. Il lui lance le regard qui tue avant de démarrer en faisant vrombir son moteur tout puissant. Ce trajet prend des allures de voyage idyllique. Elle est au septième ciel. L'étendue céleste d'un bleu azur la fascine. Il l'invite à un envol vers les étoiles. Son corps en apesanteur s'échappe vers l'infini.

Bloqué par un ralentissement soudain, il lui prend la main. Elle ne la retire pas. Son éblouissement face à Christophe est tel qu'au premier jour. La frénésie passionnelle vient de prendre le dessus sur le choc de leurs retrouvailles. Il représente l'incarnation de l'amour. Elle sait qu'enfin, elle acceptera de vivre leur love story. Elle joue la mélodie du bonheur. Il rit à gorge déployée. Il s'extasie de ses jambes interminables dans ce jeans si simple. Elle aime sa fantaisie et son énergie communicative.

Elle voudrait que Paris n'arrive jamais et que ce trajet soit interminable. Devinant ses pensées, il lui lance :

— Chiche ? Prochaine sortie, on la prend ? C'est vendredi. On se mitonne un week-end tous les deux. Tu veux ? Dis, tu veux ?

Un panneau indiquant la sortie Deauville à 50 km attise son intérêt. Ce sont les kilomètres les plus longs qu'elle n'a jamais connus. Elle se sent libre comme l'air. Personne ne l'attend à la maison et c'est la meilleure nouvelle du monde. Elle qui n'aime pas la solitude, bénit ce séjour inattendu qui se profile à l'horizon.

— Qui ne dit mot consent. Je sors…

En route pour le Paradis !

L'AVION POUR LES USA

14.

Un week-end féerique à Deauville

Pour Tania, cette aventure est inédite. Débarquer dans un hôtel sans bagages ni tenue de rechanges, semblait jusque-là improbable. La fantaisie de Christophe, le magicien, a encore frappé. Il ne cesse de la subjuguer par ses coups de tête, ses pulsions qu'il transforme en réalité, faisant fi de toutes les difficultés.

Entre balades les pieds nus dans le sable et dîners en amoureux, le week-end se déroule à toute allure. Ils ont retrouvé leur âme d'enfant. Ils jouent au cerf-volant au bord de la mer.

Ils logent dans un superbe hôtel 5 étoiles. Il a réservé la Suite « Georges Clooney » nommée ainsi car l'acteur y séjourna lors du Festival du Film Américain.

Pour la première fois depuis leur arrivée à Deauville, Christophe l'abandonne pour faire un golf. Elle en profite pour se prélasser des heures dans un bain moussant. Il lui a fait livrer une robe d'une des boutiques de luxe de la station balnéaire normande. Il sait tout d'elle et ne fait jamais de faute de goût ou d'erreur de taille. Il la connaît par cœur.

Elle prend l'air à son balcon à l'architecture Belle-Epoque. Un vent frisquet souffle sur la plage au loin. Elle se sent attirée irrésistiblement, comme aimantée par ce paysage romantique.

Baskets à la main, elle foule le sable de ses pieds nus. Les parasols aux couleurs orange, rouge, bleue et verte sont soigneusement fermés, mais donnent de la gaieté à cette immense plage de sable fin blanc, archi déserte.

Elle s'accorde une pause sur une chaise orange éclatant, posée contre l'une des multiples cabines art déco. Elle sort son carnet à dessin Moleskine dont elle ne se sépare jamais. Naturellement, son crayon dessine la multitude de parasols et un couple des Années 50 marchant les pieds dans l'eau, cheveux au vent, seul au monde. Elle immortalise, sans le savoir, le film de Claude Lelouch « Un homme et une femme ». Des baigneurs se penchent sur son travail, séduits par la beauté de cette ébauche parfaite. Des cavaliers foulent le sable en galopant.

Ce moment féerique la conforte dans cette fantaisie et cette énergie folle qui la traversent depuis le retour providentiel de l'être aimé par-dessus tout.

*

Christophe la rejoint plus vite que prévu. Chaque moment passé loin d'elle s'avère du temps perdu.

— Déjà ?

— Eh oui ! Tu vois, tu me manques trop, répond-il. Tu es hypnotisante !

Il a une manière de la regarder qui la fait se sentir unique. Il l'imite en foulant le sable frais et incroyablement immaculé, de ses pieds nus.

— Tu as de beaux pieds ! Je déteste les pieds en principe ! Mais les tiens sont longs, fins et impeccables.

— Eh oui ! Je suis parfait, répond-il en riant et en toisant ses pieds, interloqué par cette remarque insolite.

Ils s'assoient côte à côte, collés serrés, et contemplent l'horizon. Ils ne parlent pas. Comme souvent, leurs silences en disent long. Ils sont plus significatifs que leurs mots. Ils révèlent leur complicité totale.

Se taire, chez la plupart des êtres humains, procure souvent une certaine gêne. Pas chez eux. Ils se connaissent si bien qu'ils n'ont pas besoin de se parler pour se comprendre.

Au bout de dix bonnes minutes de méditation intense commune, elle rompt le silence en chuchotant, rêveuse.

— Si on partait ?

— Partir où ?

— Là ! Au bord de la mer. Tu irais pêcher le matin.

— Euh… J'ai le mal de mer.

— Je t'attendrais patiemment, guettant ton retour… J'en ai marre de Paris. Marre de l'agitation, du bruit. J'ai besoin de tranquillité. Et puis tu pourrais retourner souvent à Paris. C'est pas loin.

— J'aime Paris moi ! répond Christophe. J'aime le bruit, les voitures, la pollution.

— Oui, mais on pourrait changer ça…. Changer de vie…

— De toute façon, à Paris ou au bord de la mer, on va changer de vie. Regarde ! Tu me fais faire n'importe quoi. J'avais un agenda de dingue aujourd'hui et je suis assis sur la plage avec toi.

Elle se retourne vers lui, caresse ses cheveux noirs jais avec ravissement. Elle passe ses doigts dans sa chevelure épaisse jusqu'à la nuque. Elle dépose un baiser long et langoureux dans son cou. Leurs souffles chauds et sensuels se confondent en un délice voluptueux. Ils s'embrassent puis s'allongent sur le sable, dans les bras l'un de l'autre. Ils ressentent des frissons le long de leurs corps transis. L'émotion est à son comble dans ce Paradis sur terre. Le sol est humide pourtant, mais seule la chaleur de leurs étreintes est palpable.

*

Dîner conciliabule

Ils se dirigent vers le restaurant. Peu de monde dans l'immense salle, désertée par les touristes et les Parisiens, en raison de cette période hors saison. L'ambiance surannée de ce palace apporte à leur dîner, un parfum romanesque.

La robe aux motifs à fleurs de Tania enflamme la soirée grandiose qu'ils s'apprêtent à vivre à deux. Leur harmonie totale intrigue les quelques couples, plutôt âgés, qui chuchotent en parlant d'eux, visiblement.

— C'est toi qu'ils regardent. Tu es lumineuse comme toujours. En jeans baskets ou tenue du soir, tu es la grâce personnifiée.

— C'est parce que tu me rends heureuse. Depuis que je t'ai retrouvé, mon teint n'est plus le même. On dirait toujours que j'ai dormi 8 heures au moins ou que je reviens de vacances.

— C'est le plus beau compliment qu'on m'ait fait !

Il se penche au-dessus de la table pour lui déposer un baiser rapide sur la bouche. Il est en terrain conquis, sûr de son amour pour lui. Elle est dans le même état d'esprit. Leur confiance l'un dans l'autre leur donne une certitude et une assurance inégalées.

Tout à coup, le visage de Christophe devient grave. Ils ont terminé l'entrée et attendent le plat principal. C'est le moment, semble-t-il, de discuter sérieusement.

— Oh ! Que se passe-t-il ? C'est quoi cette figure ? Il y a un problème ?

— Non ! Pas du tout, mais… Que faisons-nous ?

— Que faisons-nous pourquoi ? On mange et puis on ira dormir dans notre suite royale très luxueuse, dit-elle ironiquement, jouant pour plaisanter aux duchesses capricieuses.

Elle se sent d'une humeur badine comme toujours auprès de lui. L'envie d'être légère et de profiter du moment présent sans se poser de questions sur l'avenir. Ce comportement l'étonne d'ailleurs, elle qui, d'habitude, se fait du souci pour tout et surtout pour le futur.

Il décale son siège sans se lever pour se rapprocher de sa compagne. Il soulève ses cheveux et découvre ses boucles d'oreilles, de larges créoles dorées qui illuminent son visage.

Elle récupère un élastique dans sa pochette de cuir et tulle noir. Elle attrape sa chevelure en un geste habile. Elle porte avec chic la haute queue-de-cheval.

— Avec quelle dextérité, tu fais ça ! s'émerveille-t-il.

En quelques achats, sans conseils ni critiques, il a complètement dé-ringuardisé Tania. Exit les jeans vieillis et les pulls oversize. Remisées au placard, les robes longues et souvent kitsch qu'elle gardait pour les fêtes, en particulier pour Noël. A présent, elle soigne son allure et éprouve du plaisir à alimenter sa garde-robe, de vêtements élégants et glamour dans un seul objectif : lui plaire.

— Tu voulais me dire quoi de si important ?

— On fait quoi après ? Je veux dire quand on rentre.

— Oh tu sais moi je ne me pose pas la question. Je suis libre comme l'air, dégagée de mes obligations conjugales et maternelles.

— Oui… C'est vrai ! Quelle chance !

— Fais comme moi. On verra bien.

— Oui… Bien sûr mais ça ne peut pas durer. Elle va finir par se rendre compte de quelque chose. Je ne voudrais pas être pris en défaut et qu'elle m'accuse de l'avoir trompée.

— En même temps, c'est vrai, interrompt Tania.

— Oui ! Mais je préfère lui dire la vérité plutôt que d'être pris en flagrant délit.

— Elle doit pas être commode en plus. Je pense qu'elle tient à toi.

— Tu sais, ça fait des années qu'il ne se passe plus rien entre nous. Elle ferme les yeux sur mes aventures parce que ça l'arrange. Et tant qu'elles sont nombreuses, ça ne lui pose pas de problème. Mais si elle apprend que j'ai une vraie histoire avec quelqu'un et que je suis amoureux, alors là, ça va barder !

— Moui... C'est sûr, je comprends. Tu comptes faire quoi ? Moi je ne t'oblige à rien. Prends ton temps. Ne précipite pas les choses. Je ne te demande rien. Tu fais comme tu peux. On se verra quand tu seras dispo… Non vraiment ! Ne t'en fais pas pour moi !

Elle débite ce message comme un moulin à paroles. Elle ne veut pas l'obliger à officialiser leur relation. Elle n'a pas besoin de ça. Leur amour passionnel lui suffit. Elle ne culpabilise absolument pas de sortir avec un homme marié. Pourtant cette éventualité l'aurait fait fuir avant. Rien n'était préparé, planifié, calculé. C'est juste le destin qui les a remis sur la route l'un de l'autre en leur indiquant la bonne direction. Ils ne veulent plus se séparer.

— Si je la quitte, je perds tout… matériellement je veux dire ! Elle me tient comme ça. Elle et son père, ils ont tout manigancé pour me coincer. Comme tu étais partie, je m'étais dit que ce n'était pas important, elle ou une autre. Et puis avec moi, elle était plutôt gentille, pas sexy pour un sou mais sympa.

— Je ne te demande rien. Fais comme tu peux. Le hasard nous viendra en aide. Tu sais, j'y crois, à notre bonne étoile. Cette seconde chance qu'elle nous donne, ce n'est pas pour la reprendre maintenant. On le mérite, notre bonheur. On ne l'a pas volé.

Tania se surprend à énoncer un discours mystique. Elle est persuadée que leur première rencontre tient du miracle et cette deuxième rencontre encore plus. On ne peut plus leur reprendre ce bonheur.

Christophe lui caresse la joue lentement, la faisant frissonner de la tête au pied. Le serveur apporte le plat principal en s'excusant de les interrompre dans leur face à face crucial. Ils ont opté pour une cuisine healthy pleine de saveurs du monde.

L'ambiance musicale dédramatise les inquiétudes de Christophe. Un musicien en costume noir interprète sur le piano à queue noir laqué, des classiques des bars d'hôtels. Des tubes nostalgiques comme *As Time Goes By* de « Casablanca », leur film préféré. Des airs à fredonner et propices à l'amour. Cet amour intense qu'ils vivent tous les deux et que rien ni personne ne peut leur enlever. Le pianiste joue alors, à leur grande surprise, *My Baby Just Cares For Me* de Nina Simone, *leur* chanson. Tania ne peut retenir ses larmes comme toujours quand elle écoute cet air. Christophe se met à le fredonner.

Leur duo charismatique inspire toutes les attentions de l'équipe de l'hôtel, aux petits soins pour eux. L'alchimie entre ces deux êtres procure un impact émotionnel chez tous les gens qu'ils croisent.

Ils en viennent pour la première fois à s'épancher sur la

relation de Tania et Dave. Christophe veut comprendre ce qu'elle ressent. Le week-end s'achève. Ils vont rentrer à Paris et retrouver le quotidien. Qu'adviendra-t-il de leur couple ? Elle se livre, il analyse :

— Il t'aime mais c'est à sens unique. Ce qui est compliqué, c'est qu'il est gentil avec toi, je comprends… Il est difficile du coup, de lui dire que tu veux le quitter. Mais il ne peut pas te garder ainsi. Tu n'es pas une potiche. Tu dois trouver l'amour et le vivre au grand jour.

— Oui et je suis bien décidée à agir. Je pense que sa crainte que je le quitte va se dissiper. L'éloignement est tombé du ciel. Je compte l'habituer progressivement.

— Mais il faut que je largue Gina avant… Tu ne vas pas quitter ton mari avant que je me sépare de ma femme. Ce serait trop risqué.

— Pourquoi ? Je ne te demande rien. Tu m'as permis de comprendre que je ne pouvais plus rester avec cet homme par pitié ou compassion. Je dois m'épanouir même dans la solitude. Quitte à me contenter de parenthèses amoureuses avec toi.

— J'adore être ta parenthèse amoureuse, souffle-t-il en l'embrassant sur ses lèvres offertes. Tu l'as bien aimé quand même ton mari ?

— Je me suis engagée très vite, très fort avec lui. Je rêvais d'un destin fleur bleue. J'ai eu une vie terne où il a fallu se battre en permanence pour arriver à joindre les deux bouts.

— Que s'est-il passé pour que votre couple vacille à ce point-là ?

— Quand tu rencontres quelqu'un, au début, il y a toujours une symbiose absolue. Mais quand cette personne n'a pas les mêmes réactions que toi par la façon dont elle vit et exprime ses émotions, l'amour s'use. Résultat ! Je m'ennuie ferme !

— C'est pas toujours aussi simple de maintenir un

échange au bout de plusieurs années de mariage.

— L'important dans un couple, c'est de se parler. Et nous, on n'a rien à se dire.

— Et tu ne t'es jamais dit que tu pouvais te séparer et vivre ta vie ?

— Si bien sûr ! Mais il me fait pitié ! Il a quelque chose de bien, c'est qu'il me fiche la paix. Il n'est jamais là. Il préfère être avec ses potes qu'avec moi. Mais moi, j'en ai marre de bouffer seule, de dormir seule, de me lever seule. J'ai 40 ans, j'ai besoin d'un peu de stabilité et de solidité. J'en ai marre de prendre mon petit-déj' tous les matins, seule. Bref, je suis mariée mais c'est comme si j'étais célib'.

— Je ressens exactement la même chose que toi. Je suis marié et pourtant je me sens seul.

Tania peut tout lui confier. Ils se comprennent comme frère et sœur. Cette relation exceptionnelle l'enchante chaque jour. Elle est si facile à vivre. Elle ne se pose pas de questions comme la plupart des couples qui entament une relation extra conjugale. Il est son premier amour. Leur histoire ne fait que se poursuivre comme un retour aux sources. Il lui était destiné. Elle lui était destinée. Leur histoire bouleverse les contes de fées.

La seule chose qu'elle refuse, c'est de faire de la peine à Dave. Greg l'accusera aussi certainement d'être la cause de la rupture des parents de sa chérie. Un double problème qu'il faudra résoudre en douceur et avec habileté. Qu'importe ? « On ne fait pas d'omelette sans casser des œufs », se répète-t-elle.

Comment leur expliquer qu'elle ne peut pas faire autrement ? Qu'elle ne peut pas passer à côté de cette seconde chance de trouver le bonheur ?

Après ce dîner gastronomique, ils passent dans leur chambre se changer.

Ils sortent arpenter les planches de Deauville. Un fog anglais assombrit la nuit tombante. Bras dessus bras dessous, ils partagent un parapluie transparent au sceau de l'hôtel. Cette bulle les protège sans leur masquer le paysage. Ils forment un couple assorti. Une panoplie sans faux plis avec des petits détails qui font un style :
Taille olympienne. Tania, avec ses baskets, arrive à ses épaules.
Harmonie des couleurs adaptées à la côte normande.
Tissu écossais et veste Barbour.

Ils cheminent la tête haute, dignes, beaux, chics le long des rues désertes. Ils longent le Casino qui brille de mille feux. Ils laissent cette effervescence pour savourer leur promenade nocturne à deux.

DEAUVILLE

15.

Une nouvelle vie

Dave s'est éloigné, accordant à Tania cette liberté chèrement gagnée. Il s'épanouit dans son challenge et compte bien mener son poulain à la victoire, c'est-à-dire la médaille d'or.

Quand il rentre le soir dans son appartement luxueux, son épuisement l'empêche de penser. Il loge dans le quartier chic et aisé du centre de Londres, Belgravia. Le lieu où il faut habiter pour être vu et reconnu. Il n'en revient pas de son ascension sociale. Il est loin, le petit logement qu'ils occupaient au début de leur mariage. Il y croise souvent des stars de cinéma ou de la musique qu'il prend en selfies avec lui et qu'il envoie quasi instantanément à Tania.

Il se délecte de ses visites royales et ne rate pas un événement devant Buckingham Palace. Il connaît l'ordre de succession exact de tous les héritiers par cœur. Et lorsqu'il ne travaille pas, il fait comme ces altesses, il cavale sur son cheval. La vie à l'anglaise lui convient à merveille, bien mieux que la vie parisienne. Il suit les secrets d'alcôve de toute la famille royale comme une midinette adepte des journaux de paparazzi.

Greg file le parfait amour avec sa copine. Leurs journées se déroulent au rythme des cours, des dîners en tête à tête et des soirées entre potes dans les boîtes à jazz. Ils sont heureux et comptent s'établir définitivement à New York.

Tania n'a plus de scrupule à vivre son amour au grand jour. Elle recule pourtant l'heure de ses aveux. Mais elle sait que, tôt ou tard, elle devra révéler à Dave et Greg, son aventure extraordinaire.

C'est ainsi, en toute quiétude, qu'elle peut se consacrer à l'homme de sa vie depuis toujours et pour toujours.

Elle ne le questionne pas par rapport à Gina. Elle ne veut pas lui mettre une quelconque pression. Elle est rassurée quant à ses sentiments pour elle. Elle lui fait confiance. Il saura trouver le bon moment pour officialiser leur union. Ils font des plans sur la comète. Ils ne se disputent jamais. Ils sont d'accord sur tout. Leur complicité intellectuelle et sensuelle est unique et merveilleuse. Ils vivent un conte de fées.

Le soir du précédent Noël, Tania avait fait le vœu de pouvoir vivre avec lui au grand jour. Ce qu'elle ignore, c'est qu'il en a fait tout autant. Leurs souhaits sont exaucés. La magie de Noël brille dans leur nouvelle existence à deux.

— Quand je pense à cette vie de patachon que j'ai menée avant de te retrouver, déplore Christophe.

A présent, il comprend que ses infidélités et ses multiples voyages comblaient le manque de cet amour d'enfance enfoui en lui. Maintenant qu'il ressurgit, tout est limpide. Il n'aspire qu'à une chose, c'est à partager le plus possible de moments à deux, avec elle, cette femme aimée, encensée, adulée, pour l'éternité.

*

Noël approche à grand pas

Greg compte revenir fêter ce sacro-saint jour de fêtes en famille.

Coup de théâtre… Dave annonce son empêchement par un texto laconique. L'intérieur ne sera pas le même sans la pâte habile de Dave en matière de décoration. Peu importe ! Tania ne compte pas rivaliser avec lui. Elle se contentera du Sapin de Noël. Elle s'attend donc à passer un Noël à 3, avec son fils et sa belle-fille.

Christophe n'a toujours pas avoué à son épouse, sa relation avec Tania. Sotte mais néanmoins maligne, Gina a provoqué un entretien solennel dans le bureau de Christophe. Une sorte de convocation, même si c'est lui le Directeur. Elle se positionne comme *fille de…* et tient à lui rappeler que, sans elle, il n'est rien, puisque la holding appartient à son père. Même si Christophe a développé l'entreprise pour en faire une société cotée au CAC 40, il n'en reste pas moins employé. Il peut « sauter », selon ses désidératas, à la moindre occasion.

Face à lui, sans se démonter, Gina, en tailleur élégant rose flashy, a clarifié la situation. Elle a mis les points sur les *i* concernant la situation de son mari dans le Groupe. Christophe est donc persuadé qu'elle se doute de quelque chose. Il a été démasqué. Elle joue fin en lui faisant une sorte de chantage sans lui révéler qu'elle sait tout sur ses tromperies.

Tania la suspecte d'avoir fouillé dans le téléphone de

Christophe. Il faut dire qu'il ne se montre pas très prudent. S'il voulait se faire prendre la main dans le sac, il ne s'y prendrait pas autrement. Il a créé un album de Londres, de Deauville et du Noël passé ensemble l'an dernier. Etrangement, le dernier album contient essentiellement des clichés de Tania, des gros plans sur ses chaussures, son visage ou des détails sur ses vêtements, ses mains, son sourire. Il n'efface ni textos ni appels. Alors forcément, elle a dû tomber sur leurs échanges fougueux par hasard ou en fouinant.

Ce Noël ne sera donc pas comme les autres et surtout pas comme le dernier Noël avec le choc de l'arrivée de Christophe et Gina. Ils font partie de la famille désormais puisque Greg et leur fille filent le plus parfait amour. Un comble quand on connaît la relation passionnelle de Tania et Christophe.

Tania est bien décidée à avouer à Dave qu'elle ne veut plus vivre avec lui. Ils sont séparés depuis plusieurs mois. La période coaching se prolonge, sans annonce de date de fin. Rien ne lui manque de cette vie à deux qu'ils partagent depuis plus de 20 ans. C'est à se demander ce qu'il a pu lui apporter pendant ces longues années. Il l'empêchait d'avancer. Elle ne lui en veut pas pour autant. C'est juste qu'elle ne l'aime pas ou plus du tout. Les choses sont aussi simples que ça.

*

La révélation inattendue

Dave lui a donné rendez-vous en visio car il doit lui révéler quelque chose d'important. Elle se demande bien quelle peut être la gravité de cette information sachant son peu d'attrait pour la technologie moderne. Ni textos, ni vidéos, encore moins des e-messages ou de visios.

Il lui demande d'écouter jusqu'à la fin, sans mot dire. Ce qu'il doit lui avouer est suffisamment difficile à exprimer pour ne pas l'interrompre.

Il lui explique, en tergiversant un peu, qu'il a rencontré « quelqu'un ». Elle est sportive. Elle encadre l'équipe féminine. C'est son homologue chez les femmes. Ils ne se quittent pas professionnellement et maintenant dans la vie privée. Il lui déclare qu'il n'a rien vu venir. Il ne s'attendait pas à ça. Il n'a rien cherché. Cette histoire s'est imposée. Avant d'engager une relation sérieuse, il tient à l'avertir. Il insiste sur le fait qu'il ne veut pas se fâcher avec elle, il tient à garder son affection. Ils ne peuvent pas effacer vingt ans comme ça. Et bla bla bla et bla bla bla.

Tania en suffoque d'étonnement. Elle se serait attendue à tout, sauf à ça. Elle qui croyait que Dave était fidèle quoi qu'il arrive, tombe de haut. Elle ferme brutalement l'ordinateur sans attendre la fin de son déballage.

Greg lui téléphone quelques minutes après cet entretien mélodramatique. Scotchée sur le canapé, elle en est au moins à sa dixième tasse de café.

— Tu es au courant pour ton père ?

— Par rapport à quoi ?

— A sa relation avec une femme.

— Ah ça y est ? Il t'a dit ? Je l'ai sermonné mais il en fait qu'à sa tête. Il verra ce que c'est, la vie sans toi.

— Ah ben ! Tu le savais en plus ? Et tu ne m'as rien dit.

— De toute façon, t'aurais jamais eu le courage de le quitter. Tu es trop gentille. Au moins, tu pourras voler de tes propres ailes.

— Tu parles ! Tout le monde complote dans mon dos et moi je plane à mille lieues au-dessus de la terre. L'imbécile heureuse !

— Je ne voudrais pas t'achever *Mummy* mais j'ai une nouvelle à t'annoncer.

— Toi aussi ?

— Non ! Mais t'inquiète ! Rien à voir avec l'autre !

— Tu peux l'appeler comme tu veux ton père ! Je m'en fiche complètement maintenant.

— C'est affectueux… Tu sais, c'est un extra-terrestre mon père. J'ai pas grand-chose à lui dire. Et puis maintenant, je suis grand. Je ne suis pas obligé de me payer une garde alternée.

— Bon… Alors accouche. Je suis assise ! C'est la journée, décidément !

— J'ai trouvé un job de 15 jours à Noël. Donc je ne pourrai pas venir. De toute façon, sans le *pater familias*, ça n'a plus beaucoup d'intérêt… Noël c'est une fête de famille.

— T'as raison. La famille part en éclats ! Et ta copine ? Je suppose qu'elle reste avec toi.

— Oui… Oui… Elle aussi, elle a trouvé un boulot de serveuse super bien rémunéré au Rose Bar, le lieu branché de Manhattan. On a besoin de sous. La vie à New York, ça coûte cher. Et si tu ne veux pas que je te raquette…

— Ses parents s'en fichent de ne pas fêter Noël avec elle ? J'ai cru comprendre que Gina voyait ça en grand, les réveillons en famille.

— Ah ben chez eux c'est un peu pareil…

— Un peu pareil que quoi ?

— Que vous. Ça part en vrille. Si j'ai bien compris, son père est tombé in love d'une autre femme. Alors c'est parti en sucette. Gina a quitté le domicile conjugal et elle est partie vivre chez ses parents.

— Ah bon ? lance Tania, subjuguée.

Elle est partagée entre la joie indescriptible d'une telle nouvelle et l'effet de cette douche écossaise fulgurante. Serait-ce la voie vers une nouvelle vie ? Le destin jouerait-il en sa faveur ?

Elle n'a pas vu Christophe depuis plusieurs jours. Il se montre distant. Elle a cru qu'il voulait lever le pied sur leurs rendez-vous secrets, de peur d'être pris en flagrant délit de mensonges. Elle ne se doutait pas un instant qu'il avait joué la carte de la sincérité.

— En fait, elle a surpris des messages sur son téléphone, poursuit Greg. Elle l'a menacé de le virer s'il n'arrêtait pas de la tromper. Mais le grand-père de ma copine l'a dissuadé de faire une telle erreur. Il sait que, sans son gendre, l'entreprise ne peut pas tourner. Du coup, Gina a été obligée de capituler. T'en fais pas pour elle, elle est milliardaire. Elle va pouvoir se débrouiller. De toute façon, elle n'a jamais travaillé de sa vie. Elle compte garder leur logement. Et son père cherche un nouvel appart'. Bon… Et puis on s'en fiche de leurs vies. Pense à toi *Mumm*. Je te laisse ? Mon cours va commencer. A plus !

— Oui c'est ça ! A plus.

Tania raccroche, hébétée, agrès ce déferlement d'informations renversantes. Elle appelle Christophe sur sa ligne directe de société. Après tout, que risque-t-elle ? Les explications de Greg l'ont boostée. Elle qui se sentait abandonnée de toutes parts reprend du poil de la bête.

Sa secrétaire répond dès la première sonnerie. Elle connaît bien Tania maintenant. Au son de sa voix, elle affiche une familiarité complice tout en gardant une réserve professionnelle. Tania s'est toujours demandée s'il se confiait à elle. Elle est son bras droit, sa secrétaire particulière. Elle sait forcément beaucoup de choses y compris vie privée, maîtresses éventuelles, épouse, famille… Elle gère son agenda *pro* et *perso*.

— Christophe Baud peut me rappeler ?

— Oui Madame. Il termine son rendez-vous et je lui demande de vous recontacter.

Son amabilité avec elle doit être le reflet de ce que pense Christophe. S'il n'aime pas quelqu'un, elle doit l'envoyer balader. Tania se sent encouragée.

Une demi-heure plus tard, Christophe la rappelle. Elle n'a pas bougé, téléphone en main. Elle attendait son appel sans pouvoir faire autre chose. Après cette avalanche de nouvelles quasi mélodramatiques, elle a besoin de se sentir requinquée par les mots doux de son Prince Charmant. Par superstition, elle a failli attendre le lendemain, cette journée étant visiblement mal aspectée au niveau astrologique. Mais elle meurt d'impatience d'entendre sa voix sensuelle qui la fait fondre.

Passés les préambules, Christophe lui confirme l'échange avec sa femme. Elle a bien fouiné dans son téléphone et ses affaires. Elle est tombée sur leurs textos et des photos dont des selfies très compromettants.

— Elle m'a cuisiné littéralement Elle était gonflée à bloc. Ce qui l'a rendue folle, c'est de savoir que c'était toi. Je ne l'ai jamais vue comme ça !

— Elle m'a toujours détestée, alors tu penses…

— Elle était virulente. Elle m'a accusé de lui mentir depuis des années, de me foutre d'elle… J'étais bon à être mis au pilori. Et elle m'a sorti « Quand vous étiez mômes, j'aurais parié que vous alliez finir ensemble. » Et puis aussi « Jure-moi que tu ne t'es jamais dit que c'était la femme de ta vie…

Jure-le ! »

— Et t'as répondu quoi ?

— Je n'ai pas voulu tricher ou raconter d'histoire. J'aurais pu pourtant. Je me suis dit que si je reculais, je n'aurais plus jamais l'opportunité de le dire. Alors, j'ai tout avoué. Je lui ai dit exactement « Je l'ai aimée... On s'est connus tellement jeunes ! Et puis on s'est perdus de vue et on s'est retrouvés. »

— Waouh ! Tu as du courage !

— Elle était furibarde ! Elle a menacé de me virer. Elle m'a dit que, quand je serai SDF, tu ne me regarderais plus et que tu n'étais intéressée que par mon fric. Elle est sortie en claquant la porte. Elle m'a insulté dans les couloirs du bureau en hurlant que j'allais sauter. Quand je suis sorti, le personnel rasait les murs, sans oser me regarder.

— Un vraie crise de nerfs, quoi ! Et du coup, il va se passer quoi pour ton boulot ?

— J'ai eu l'idée de prendre les devants. J'ai été voir illico mon beau-père. Il a pensé à l'entreprise avant les intérêts personnels de sa fille. Il m'a dit que rien ne changeait et que je maintenais mon poste quoi qu'il arrive. Il m'a même félicité en disant que sa holding ne s'était jamais aussi bien portée que depuis que je la gérais. Il a ajouté que sa fille finirait bien par se calmer et qu'il ne voulait pas se mêler de ça.

— La grande classe ! Je me souviens vaguement de lui. Je trouvais qu'il avait une allure phénoménale. Je me demandais comment il avait pu faire une fille aussi insignifiante !

Tania reprend son souffle après ces aveux bouleversants qui vont probablement changer leur vie. Décidément cette journée est à marquer d'une pierre blanche !

Elle lui confie à son tour la révélation de Dave.

— Mais c'est trop bien ! On est libres alors ! Libres de s'aimer au grand jour ! lance-t-il, glorieux.

— Quelle journée !

— Je t'embrasse comme je t'aime…

Ils se donnent rendez-vous et raccrochent épuisés par autant d'émotions diverses. Ce coup de tempête s'est abattu, étrangement, en même temps, sur leurs deux destins.

Quand on quitte son foyer pour des rivages inconnus, on ne continue pas tout simplement comme avant ; une partie de soi doit mourir à l'intérieur pour qu'une autre puisse tout recommencer.

Elif Shafak - L'île aux arbres disparus

Christophe et Tania devront appliquer cette citation pour réaliser leurs rêves d'enfants, quitte à y laisser des plumes.

NEW YORK

16.

2 à Noël

Cette année, Noël ne ressemblera pas aux autres Noëls. Dans les appartements de Christophe et de Tania, aucune décoration, pas même un sapin ne vient annoncer cette fête magique.

Pourtant, le destin vient de leur offrir le plus beau cadeau : l'Amour. Pour cette renaissance, la Magie de Noël brille encore plus fort. Alors Christophe a pris les choses en main pour rendre ce Noël féerique.

— J'ai pris les rênes par les cornes ! dit-il gaiement à Tania.

Avec les célébrations qu'il a programmées, l'Enchantement de Noël scintillera plus fort que nulle part ailleurs. Il réserve à son amoureuse, des moments d'exception pour le premier Noël qu'ils fêteront à deux, seulement à deux.

Tania se languit de lui. Elle se projette enfin sur un avenir où elle aimera rentrer à la maison pour retrouver quelqu'un qui l'aime et qu'elle aime. Elle vise des choses simples du quotidien. Lui rêve de grandiose, de festivités hors du commun.

— Le feu d'artifice tous les jours, lui promet-il, éperdument entiché de sa dulcinée.

Amoureuse à 40 ans, Tania savoure enfin les délices d'un amour partagé.

Elle s'accorde du temps pour elle. Elle relit des livres d'auteurs russes comme Tolstoï ou Dostoïevski, qu'elle n'avait pas eu le temps de finir. Elle puise son inspiration dans d'innombrables chansons ou films cultes. Elle écrit, dessine, invente des personnages et vient de terminer son nouveau roman. Eh oui ! Un roman et non pas un Album de Bandes Dessinées. Pour la première fois, le texte l'emporte sur l'illustration. Seules, des aquarelles viennent illustrer chaque chapitre.

Christophe et Tania préparent leurs déménagements, chacun de leur côté. Ils font les cartons sans s'attarder sur le passé de leurs mariages respectifs. Christophe s'active auprès de ses relations, agents immobiliers, pour dénicher un appartement à la hauteur de leurs exigences, un atelier pour elle, un bureau pour lui et une salle de sports pour tous les deux. Ils ont décidé de vivre ensemble. Leur esprit est résolument tourné vers l'avenir.

Christophe a gardé précieusement la malle contenant les photos de leur enfance. En noir et blanc, jaunies, elles n'en paraissent pas moins précieuses à ses yeux. S'il devait choisir un objet à emporter sur une île déserte, ce serait cette valise en carton. Elle recèle tout ce qu'il a de plus cher, les souvenirs de son enfance merveilleuse avec Tania et leur amour exclusif.

Sans contraintes familiales, lui aussi fait des choses qu'il n'avait pas eu le temps de faire avant. Il s'amuse à composer un tableau patchwork de leurs clichés, en apposant des commentaires manuscrits. Il s'applique et appelle joliment cette tâche « Le devoir de mémoire ». Activité étonnante pour quelqu'un qui haïssait jusque-là les travaux manuels.

*

Voyage au Pays du Père Noël

Une douceur estivale envahit à nouveau Paris et le reste de la France. Les stations de sports d'hiver se plaignent du manque de neige. A 15 jours de Noël, la température varie entre 12 et 15 degrés.

Christophe veut vivre un vrai Noël avec sa Tani. Qui dit Noël dit paysage enneigé, feu de cheminée, jours raccourcis et nuits scintillantes.

Ils abandonnent leurs déménagements, les paperasses liées à leurs séparations, leur travail et décident de s'offrir un Noël pas comme les autres, à la hauteur de leur passion réciproque.

Christophe a organisé un périple aux petits oignons. Il a mitonné le voyage du siècle : un séjour exceptionnel au Pays du Père Noël, lui-même. Ils lui doivent bien ça, lui qui a béni leur union. Il a prévu des vacances « all inclusive » dans le village du personnage mythique, en Laponie, à l'extrême-nord de la Finlande.

Dès leur arrivée à l'aéroport de Rovaniemi, le froid cingle les passagers qui découvrent, émerveillés, un paysage d'une blancheur immaculée.

Le visage dissimulé dans la capuche en fourrure de sa pelisse douillette, Tania se demande s'ils ont eu une bonne idée de venir ici. Elle qui est adepte de soleil, plage, sable fin et chaleur, grelotte de froid et voit d'un mauvais œil, ce choix hivernal. Mais c'était son compter sur l'imagination démesurée de Christophe.

La navette les dépose dans la ville de Rovaniemi en une demi-heure chrono. Deux traîneaux, tirés chacun par six huskies aux yeux bleu glacial, les attendent pour rejoindre le village du Père Noël.

*

Assis sur une petite luge sous des tonnes de couverture, ils s'enivrent de cette balade en duo à travers de magnifiques paysages enneigés. Christophe lui hurle qu'elle est belle et qu'il l'aime. Ses paroles s'envolent avec le vent sibérien, mais Tania les devine au mouvement de ses lèvres, à la manière des sourds-muets.

Les deux mushers amoureux ont des ailes et mènent bon train leur attelage. Tania qui craignait de ne pas y arriver, se débrouille comme un chef avec ces 6 nouveaux amis à fourrure hurlants, qui avancent par deux, en une symbiose parfaite, à leur image.

Au bout d'une dizaine de kilomètres, emmaillotés dans des pelisses mises à disposition, ils arrivent enfin à leur hébergement, un chalet super mignon qui pourrait servir de décor à un film de Disney.

Symboliquement, Christophe porte Tania dans ses bras pour entrer dans la maison de Blanche Neige. La neige tombe à gros flocons et leur balaye le visage. Ils sont au comble du bonheur.

— Où sont les 7 nains ? crie Christophe en pénétrant dans ce logis simple et de bon goût.

Aucune autre maison à l'horizon. Ils vont passer quelques jours dans ce lieu unique, loin du monde et de toutes les contraintes du quotidien.

Tania est aux anges. Loin d'elle, Dave et les 20 ans passés à ses côtés, ses déménagements, ses crises de nerf à vouloir joindre les deux bouts.

Sous son manteau blanc, le chalet, avec sa façade en vieux sapin, semble tout droit sorti d'un conte de fées. Ils se dirigent, serviettes bien serrées autour du corps, vers le sauna finlandais installé à l'extérieur. Ils courent en claquant des dents pour franchir les quelques mètres qui le séparent de l'intérieur douillet.

— On dirait un gros tonneau ce sauna, lance Tania.

Assis sur un banc de bois, ils se collent l'un contre l'autre malgré la chaleur extrême à 80 ou 100° C. Ils papotent une heure durant, en se remémorant leurs souvenirs d'enfance.

Un panneau indique : « Quand vous avez assez chaud, vous pouvez sauter dans l'eau glacée de la rivière. » Tania décline l'offre en riant devant cette proposition saugrenue, tentante comme expérience mais ô combien effrayante.

— Quand est-ce qu'on va rendre visite au Père Noël ? s'enquiert-elle.

— C'est un peu compliqué de savoir précisément où il habite… Mais je vais essayer de trouver comment nous y rendre. Dès demain matin, on cherchera.

Ils retournent dans leur maison de poupée, détendus par cette séance de relaxation qui a su éliminer la fatigue de la journée. Christophe plonge dans un canapé recouvert d'un immense plaid et de coussins en fourrure blanche. Tania s'allonge sur le tapis moelleux berbère, coupe de Champagne à la main, la tête sur les genoux de son amoureux.

La cheminée en bois crépite. Ils vivent l'esprit de Noël comme ils ne l'ont jamais vécu.

De multiples lampes et chandeliers apportent un décor serein et tamisé à la pièce aux multiples recoins cosy. Tania allume les nombreuses bougies artisanales posées de ci de là. Ils sont au Paradis.

Demain sera encore un grand jour.

— Hummm… La vie de chalet et la douceur de vivre de ces contrées glaciales… s'extasie Tania.

Christophe s'enorgueillit de l'avoir convaincue et séduite avec son idée originale.

*

Le lendemain - 9 heures du matin

Après une nuit idyllique, Tania se réveille au son du carillon de la porte d'entrée. Un room service en traîneaux est prévu. Des serveurs habillés en lutins livrent les repas aux différents chalets dispersés dans le hameau.

Elle tapote sur le lit à côté d'elle. La place est vide et froide, loin de la chaleur réconfortante de Christophe. Matinal même en vacances, il s'est levé depuis belle lurette. La chambre est impeccablement rangée. Pourtant, elle se souvient qu'ils avaient éparpillé leurs vêtements sur la moquette épaisse, tellement ils avaient hâte de se réfugier dans les bras l'un de l'autre.

Elle glisse dans un large peignoir XXL brodé *PN* comme *Père Noël*, en lettres anglaises, pour se rendre au salon. Elle s'entortille dedans, en faisant plusieurs tours avec la ceinture. Christophe est là, devant un petit-déjeuner buffet, de style lapon, dressé sur la table banquet en bois massif.

Les traîneaux avec huskies ont regagné leurs pénates pour l'accueil des nouveaux arrivants. A leur place, des scooters des neiges, un par personne, sont garés devant chaque chalet.

Elle reçoit un texto désespéré de Dave. Il regrette de l'avoir quittée. Sa copine l'a plaqué. Il veut retrouver Tania sinon il menace de se suicider. Pas de chance… A peine a-t-elle reçu ce message, que le réseau Wifi s'interrompt, l'empêchant de répondre. Elle n'a qu'une solution, regagner le village où cafés, restaurants, épiceries… captent sans problème le réseau.

Elle ne dit mot à Christophe de la teneur et de l'expéditeur du SMS. Il pourrait prendre ombrage de la tentative de séduction de Dave. Elle prétexte de vouloir prendre l'air. Elle fonce dans la chambre, enfiler pull douillet, pantalon de ski et doudoune en plumes d'oie. Christophe la prend dans ses bras en lui disant qu'elle ressemble à Lara dans *Docteur Jivago* et qu'elle est aussi craquante en mode hiver qu'au bord de la mer. Elle succombe à son charme et à ses mots exquis. Pourtant, il faut sortir de ses bras protecteurs.

Elle s'en voudrait s'il arrivait quelque chose à Dave. Elle craint qu'il ne mette ses menaces à exécution. Elle enfourche son scooter des neiges. La conduite est plus facile qu'elle ne le pensait. La visibilité des routes est infime. De grands panneaux demandent la prudence car des rennes peuvent traverser la route. Elle pilote avec habileté son engin malgré quelques dérapages qu'elle arrive à maîtriser. Avec la vitesse, la neige lui fouette ses joues rougies.

Elle devrait être arrivée au village depuis longtemps mais elle se trouve en plein désert hivernal. Elle traverse différentes végétations, composées de taïga et de toundra.

Après les grandes plaines enneigées, une forêt aux arbres dépourvus de feuilles, obscurcit désormais sa route. Entre pins sibériens, épicéas et bouleaux, Tania est prise de panique. Elle est perdue ! Elle croit voir passer un ours brun. Elle doit délirer.

*

Cela fait déjà trois bonnes heures que Tania est partie. Christophe commence à s'inquiéter. Il tente de la joindre à plusieurs reprises mais son téléphone est sur messagerie. Il se décide à enfourcher son scooter des neiges pour partir à sa recherche. Arrivé au village, il questionne les passants, rentre en trombe dans les magasins pour savoir s'ils n'ont pas vu une femme avec une doudoune blanche. Personne n'a croisé Tania.

Perplexe, Christophe décide de prendre l'autre route qui mène du chalet au village. Il hurle le prénom de Tania. Ses mots reviennent en écho. Aucune âme qui vive à l'horizon. Aucun touriste. Aucun traîneau. Ce qui est rare en Laponie devenue un pays très touristique grâce au Père Noël.

Le paysage s'assombrit. Tout à coup, au loin, il discerne des lumières qui clignotent comme des feux de détresse. Il prend cette direction. Il frémit en découvrant un scooter abandonné sur la neige. Probablement celui de Tania. Il poursuit sa route, de plus en plus inquiet, en direction de la lumière qui reste fixe à présent.

Il approche tout en ralentissant son engin. Il arrive à une plaine, couverte d'une neige étincelante aussi blanche que du coton. Sous ses yeux écarquillés, il vit l'expérience la plus incroyable qu'un homme puisse vivre.

Un immense traîneau, tenu par au moins dix rennes, trône

au milieu du paysage. Un homme en manteau rouge et à la grande barbe blanche est assis sur des fourrures opulentes avec à ses côtés, une personne de blanc vêtue. Ils semblent se restaurer tout en plaisantant dans une harmonie parfaite.

Croyant à un mirage, Christophe se frotte les yeux devant cette scène surréaliste. C'est Tania ! Tania assise à côté de ce vieux bonhomme vêtu de rouge.

— Taniaaaaa ! hurle-t-il. Mais tu étais où ? Je te cherche depuis des heures ! J'ai eu tellement peur.

Ce qu'il prenait pour une illusion est bel et bien réel. Il se trouve face à une légende.

— Approchez, jeune homme ! N'ayez pas peur… bredouille le vieil homme dans sa barbe, d'une voix aussi douce que rauque.

— Mais… Vous êtes…

— J'ai accueilli cette jeune femme qui était perdue. Nous étions en train de papoter… Venez vous joindre à nous…

Christophe se précipite dans les bras de celle qu'il aime tant.

— Ah mais, c'est votre Prince Charmant, ma chère enfant. Je vous souhaite plein de bonheur ensemble !

Christophe, Tania et le vieil homme poursuivent leur discussion en savourant des cookies à la cannelle et du chocolat chaud. Le traîneau est équipé comme une véritable demeure.

Christophe se permet de demander son âge au vieil homme. Celui-ci commence à compter sur ses doigts gantés de blanc. Puis, sans répondre, il se lance dans une explication sur les recettes de Noël en Finlande.

Christophe veut immortaliser l'instant et prendre une photo. Sinon comment pourra-t-on le croire s'il raconte leur épopée fantastique en rentrant à Paris ? Il prend Tania par l'épaule et l'invite à se placer entre le vieil homme et lui. Ce selfie à trois vaut le détour ! L'homme en rouge se prête au jeu sans problème. Tania essuie affectueusement ses petites lunettes rondes, embuées par le froid polaire.

Tous trois se délectent des paysages blancs à perte de vue. Ils descendent se dégourdir les jambes et en profitent pour câliner les rennes. Disciplinés, ils restent à l'écoute du moindre ordre du personnage imposant à la barbe blanche, leur Maître.

— Mes chers enfants, je vous présente mes fidèles compagnons. Ils m'accompagnent dans tous mes voyages, en particulier une fois par an, vers tous les pays du monde. Il y a quatre mâles et quatre femelles.

— Ah oui ? Comment faites-vous pour les reconnaître ? Ils sont identiques ! observe Tania.

— Oh non ! Ils ont tous leurs particularités au niveau physique et au niveau du caractère. N'est-ce pas *Tornade* ?

— Ils ont des prénoms en plus ?

— Evidemment ! Comment pourraient-ils suivre mes consignes ?

— Alors, celle-ci c'est *Tornade*, la plus rapide. Elle galope. C'est pour ça qu'elle est en tête, avec son acolyte *Furie*, la plus puissante. Elles se chamaillent un peu mais elles ont très bon cœur.

Il poursuit ses présentations, passant de l'un ou l'une, à l'autre des rennes. C'est la première fois que Tania le voit debout. Il est impressionnant. Il les dépasse largement au niveau taille. Sa silhouette généreuse est à l'égal de sa bonhomie. Ses vêtements impeccables semblent confortables. Sa large ceinture noire met en valeur son ventre rebondi.

Tania analyse que le rouge éclatant de son costume a été choisi pour être visible la nuit.

— Voilà *Fringant*, le plus beau mâle. Regardez comme il se pavane ! Il est incorrigible ! Lui, il apporte le bonheur aux enfants. Alors il est précieux ! A côté de lui, je mets un renne humble, *Comète.*

— Mais il est chou ! dit Tania tandis que *Comète* tend sa tête vers elle pour se faire caresser ses cornes interminables et asymétriques.

Elle découvre, avec délices, cet animal mythique des contes de Noël. Un peu gauche et mal proportionné, il est carrément attendrissant. Elle se plaît à caresser sa robe infiniment douce avec toutes les nuances allant du blanchâtre au grisâtre.

— Les deux suivantes c'est *Danseuse*, la plus gracieuse, poursuit le vieil homme. Son compagnon et amoureux, c'est *Cupidon.* Il amène l'amour aux enfants. C'est pas beau ça ?

— Et ces deux-là ? dit Tania en touchant les cornes des deux derniers. Regardez-moi ça. Ils attendent leur tour. Mais oui ! Vous êtes adorables !

— Tu es le plus fort *Tonnerre*, mais oui… Et tu fais bonne compagnie avec *Eclair* qui apporte la lumière. Ils sont inséparables tous les deux.

— Ils sont magnifiques ! dit Christophe en se joignant aux caresses.

— Vous voyez, ils sont placés deux par deux, mais pas par hasard. Ils doivent s'accorder pour avancer plus vite. Ils volent parfois même, pour traverser les fuseaux horaires surtout la nuit de Noël. Nous allons bientôt partir d'ailleurs, je dois vous laisser les amoureux.

— Ah bon ? enchaîne Tania, dubitative mais se disant que plus rien ne l'étonne dans cette nuit magique.

— Sans eux, je ne pourrais pas accomplir ma mission.

*

La nuit est tombée.

— Regardez mes amis ! Levez les yeux !

De grandes traces lumineuses éclairent le ciel. Elles se reflètent sur la neige immaculée. Un spectacle étourdissant !

— Faites un vœu, mes enfants !

Christophe et Tania s'enlacent. Ils sont subjugués par une telle beauté.

— Des aurores boréales, souffle Christophe époustouflé.

— Vous avez de la chance ! Il faut que le ciel soit bien dégagé pour en apercevoir une, se félicite le vieil homme.

Christophe et Tania font le serment de ne plus se quitter. Ils garderont toujours dans leurs cœurs, le souvenir de cette rencontre féerique.

Vient le moment de partir. Christophe remercie chaleureusement le sauveur de Tania. Il se dirige avec elle, vers les scooters. Ils mettent leurs casques, s'installent soigneusement et se retournent pour envoyer un au-revoir au vieil homme.

Mais la plaine est déserte. L'immense traîneau, les rennes et l'homme en rouge ont disparu en un éclair. Comment est-ce possible ?

A leur emplacement, ils discernent un parchemin enroulé avec un nœud rouge. Ils laissent leurs engins pour aller le ramasser. Ils découvrent une lettre cachetée à la cire. Sur le tampon, deux initiales entremêlées *PN*. Tania l'ouvre délicatement et la déroule devant elle. Les gros caractères harmonieux ont été écrits à la plume. Les pleins et déliés de l'écriture manuscrite se lisent aisément même dans la nuit. L'encre fluorescente brille dans la pénombre. Pourtant, seuls les phares des scooters éclairent désormais la nuit.

Tania, ma chère Tania,
Ce n'est pas par hasard si je suis venu à toi. C'est parce que tu as gardé ton âme d'enfant.
Aujourd'hui, tes rêves vont enfin se réaliser.

Je te souhaite un magnifique destin avec ton amoureux qui le mérite aussi.
Soyez heureux mes enfants !
Et peut-être à un jour prochain ! Qui sait ?
Ho ! Ho ! Ho !
PN

Tania verse une larme. Christophe l'enlace. Ils s'embrassent en tenant ce document précieux à la main, bien serré contre eux. Cette magnifique nuit de Noël restera gravée à tout jamais dans leur mémoire.

En passant au village, ils décident de faire une pause salutaire. Après tout, ils n'ont rien de prévu. Ils garent leurs engins en épi.

Des dizaines de boutiques de souvenirs sur le thème de Noël attirent les touristes. Les habitants déguisés en lutins admirent fièrement leurs décorations lumineuses à perte de vue. Tania sursaute en discernant un ours blanc. Christophe la rassure. C'est un faux ours blanc, plus vrai que nature.

— Alors, c'était immanquable de s'arrêter au village ma Tani, n'est-ce pas ?

*

Le Cercle Polaire

— Le Cercle Polaire Arctique ne doit pas être loin, annonce Christophe tout en balayant son regard averti. Il est symbolisé par des plots. On devrait le voir. Il paraît que tout le monde se prend en photo dessus.

Un touriste leur indique la route. Ils se dirigent vers la ligne blanche peinte indiquant le cercle polaire qui traverse le village de Santa Claus. Ils franchissent la ligne.

— On vient d'entrer officiellement dans la zone arctique ! déclare-t-il solennellement.

Ils demandent à un lutin de les prendre en photo pour immortaliser ce moment unique. Un soldat sort de sa guérite et leur remet solennellement le « Certificat du Cercle Polaire ». Chaque événement est l'occasion pour Christophe d'embrasser sa bien-aimée, plus heureuse que jamais.

La frénésie a envahi les vacanciers. Des centaines d'enfants et d'adultes sont venus chercher leurs cadeaux en espérant rencontrer le Père Noël en chair et en os.

— C'est vrai que c'est le 24 décembre ! hurlent gaiement Christophe et Tania en chœur.

Dans toutes ces émotions, ils avaient même occulté cette date tant attendue. Scintillant de mille lumières, le village a revêtu ses habits de fête. Un groupe d'enfants interprète des chants de Noël en rameutant les passants à l'aide d'une cloche.

Les amoureux sont abasourdis de contempler un tel cadre surréaliste, enneigé et préservé malgré l'afflux des touristes.

Ils s'installent à la grande table de banquet de l'unique restaurant. Ils trinquent à la santé du Père Noël et se régalent de plats inconnus appelés « les mets préférés du Père Noël ». Ils se laissent emporter par la Magie de Noël.

LE VILLAGE DU PERE NOËL

17.

Le grand déménagement

Aujourd'hui, Tania va découvrir leur nouvel appartement, celui où Christophe s'est déjà installé depuis deux semaines. Elle doit le rejoindre pour partager enfin sa vie. Elle a laissé chez elle un joyeux chantier, stocké les affaires de Dave à la cave, trié les vêtements de Greg. Elle a mis une annonce sur un site en ligne pour vendre les meubles et objets divers. Son atelier n'a jamais été aussi bien rangé dans l'attente d'être hébergé ailleurs.

Elle a pris soin d'expliquer prudemment sa nouvelle vie à Greg, inquiète de sa réaction, mais surtout de celle de sa copine. Quelque temps après, Greg lui a confié ce qu'il a dit à sa copine pour calmer sa rancœur.

— L'une des choses que j'ai apprise en voyant ton père faire la cour à ma mère, c'est l'importance de la persévérance. Quand on a trouvé le grand amour, on ne le lâche pas. C'est pour ça que j'ai un infini respect pour leur histoire. Ils ont eu une seconde chance en se retrouvant après tant d'années. C'est le plus beau cadeau qu'ils peuvent recevoir.

Ce en quoi, la copine a fini par accepter la situation en disant qu'après tout c'était leur affaire, qu'ils étaient grands et qu'ils n'avaient qu'à se débrouiller.

Quant à Dave, il se réalise dans sa nouvelle vie arguant que l'Angleterre est décidément sa patrie et qu'il n'est pas prêt à revenir en France.

La famille s'est donc disloquée par le plus merveilleux des hasards ce qui laisse à Tania tout loisir de vivre son histoire d'amour avec Christophe.

Son cœur bat la chamade. Elle éprouve un mélange d'appréhension, d'excitation et d'impatience. Elle se présente au pied de l'immeuble haussmannien du très chic XVIème arrondissement de Paris. Elle cherche son nom à l'interphone, les bras chargés d'un sac et d'une valise. Ses doigts tremblent en appuyant sur la sonnette.

— C'est moi ! souffle-t-elle d'une voix étouffée.

La grille de l'ascenseur d'époque se referme derrière elle. Elle s'observe dans la glace, remet de l'ordre à ses cheveux, pince ses joues pour leur donner de la couleur. Les pulsations de son cœur s'accélèrent. L'ascenseur grimpe jusqu'au 8ème et dernier étage.

En arrivant, elle aperçoit Christophe derrière les grilles. Il l'attend avec une impatience non feinte, en tenue décontractée. Les manches retroussées de sa chemise blanche découvrent ses bras tatoués. Elle craque pour ce look semi-rebelle. Une tête de lion trône royalement sur le dessus de l'avant-bras. Ce détail lui rappelle son signe astrologique, Lion. Elle a gardé en mémoire leur passion pour l'horoscope lorsqu'ils étaient enfants. Ils commençaient par lire celui de Tania, Poissons, puis passaient au sien, Lion. Ils s'amusaient à trouver des similitudes aux prédictions de l'un et de l'autre. Ils décrétaient qu'ils allaient vieillir ensemble, que c'était écrit dans les astres.

Elle pousse avec force la porte de l'ascenseur. Un sac dans chaque main, elle le regarde timidement, impressionnée tout à coup par sa gueule d''ange. Ce maître adoubé des canons de beauté masculins adopte une délicatesse innée. Il la débarrasse de ses affaires en s'étonnant de leur légèreté.

— Tu sais moi, un jeans, un tee-shirt et hop ! je suis habillée.

— Reste comme tu es.

Elle se sent moche, insignifiante, quelconque. Il l'enlace et l'entraîne dans leur nouveau « chez eux ». Il l'embrasse si ardemment qu'elle retrouve sa confiance et son naturel ingénu. Ils ont à nouveau 15 ans comme au premier jour. Ils s'aiment d'un amour profondément pur.

Tout leur revient à la mémoire :

- Leur coup de foudre réciproque à 12 ans, avec tout ce qu'il peut avoir de naïf, de pur, d'absolu à cet âge. Rien ni personne ne peut concurrencer un tel vertige.
- Leur mariage factice à l'âge de 16 ans au parc de la Tête d'Or à l'abri des regards, sous l'œil malicieux des cygnes élégants. Ils avaient organisé une cérémonie solennelle pour marquer leur union. Ils avaient échangé des anneaux en brindilles, en guise d'alliances. Ce mariage « pour de faux » mais sous un ciel divin sacrait leur amour pour l'éternité. Ils prévoient d'organiser un « vrai » mariage dès qu'ils seront officiellement libres.

Ils n'oublieront jamais ce Noël fantastique et magique. Le destin leur a donné une Seconde Chance. Ils l'ont saisie. Ils ne se quitteront plus jamais.

L'APPARTEMENT DE TANIA ET CHRISTOPHE

A PROPOS DE L'AUTEUR
Hélène TAVELLE

Hélène Tavelle est une écrivaine française. Née à Marnia en Algérie, elle passe son enfance à Dijon. Elle suit ses études à Lyon. Après avoir été Journaliste puis Directrice de l'Office du Tourisme de Grenoble, Hélène Tavelle crée une agence de communication. Fondatrice du Club VIP Business, elle anime ce Réseau d'Affaires. Femme d'engagement, elle milite contre le racisme et l'antisémitisme, ce qui lui vaut d'être décorée de l'Ordre National du Mérite par l'écrivain Marek Halter, à la Préfecture de l'Isère.
Après son premier roman, *Un Amour de Confinement*, publié en 2020, elle enchaîne avec six autres titres, tous devenus des best-sellers. Plusieurs de ses ouvrages, notamment les premiers, ont été analysés comme se rapprochant de la *chick lit* et de la littérature *feel-good* par certains médias.

Œuvres

Enigme, aventure, fiction, voyage, récit historique, comédie, les romans de Hélène TAVELLE explorent de nombreux genres parfois au sein d'une même histoire.

Déborah – La Rencontre Interdite La passion dévorante entre une working-girl, mariée à un homme possessif, et un officier de police.

Quatre Cette comédie nous plonge dans le quotidien entre rires et larmes de quatre femmes, unies comme des sœurs. Incarnées par Shana, Priscilla, Katie, Jessica, elles tentent de concilier leurs vies familiale, professionnelle et sentimentale. Pas évident… Jusqu'au tendre dénouement.

Echappées Belles NOUVELLES Des héroïnes qui plaquent tout, du jour au lendemain, pour enfin s'autoriser à vivre leurs rêves.

Un Amour de Confinement Un coup de foudre virtuel pendant le confinement entre Jana et Mathias. Ils s'aiment sans se toucher.

Le Secret de Sarah Une énigme tirée de faits réels qui entraîne le lecteur dans l'Allemagne nazie et l'Algérie des Années 20.

Le Code Makeda Disparitions, empoisonnements, prises d'otages, île perdue et femme mystérieuse… Entrez dans l'aventure avec Steve Barns et découvrez le code qui permet d'ouvrir le Temple de la Reine de Saba !

Le Noël de la Seconde Chance Une romance de Noël

www.helenetavelleecrivain.fr

Et pour m'écrire, une seule adresse :
contact@helenetavelleecrivain.fr

Facebook : helenetavelleecrivain

Instagram : helenetavelleecrivain

Twitter : HTavelleAuteur

Printed by Amazon Italia Logistica S.r.l.
Torrazza Piemonte (TO), Italy

40959447R00152